michael klein

blindfische

sie finden uns im internet unter
www.bookmark-verlag.de
und
www.heinz-michael-klein.de

BOOKMARK

blindfische

blindfische

cover
gertrud bilsing / willli maußen
bilsing & maußen
bonn

cover-illustration
´blindfische´
peter mueser
siegburg

lektorat
horst brandenburger
lenggries

computer-revival
martin frenken
meckenheim

originalausgabe
veröffentlicht im BOOKMARK-VERLAG
inh. peter mennigen
meckenheim, juni 2004

herstellung: books on demand GmbH
D 22 848 norderstedt
internet: www.bod.de
e-mail: info@bod.de

isbn 3-00-014033-6

lesen sie auch so gerne ein vorwort wie ich? dann sind wir uns ja einig; und darum gibt es jetzt nicht ein vorwort sondern gleich zwei.

1. eine art liebeserklärung

dieses kleine buch könnte man als kurze beleuchtung momentaner verhältnisse im spreewald betrachten; vieles ist seit der wende im fluß und nicht alles fließt nur in eine gute richtung.

seit ihrer besiedelung durch den menschen ist diese traumhafte wald- und wasserwelt (wie unser gesamter planet) gegenstand von begierlichkeiten und damit immer wieder opfer. elche, wölfe, bären und quappen sind längst verschwunden und bereits im 18. jahrundert hatte man den oberen spreewald zu gut zwei dritteln durch sägewerke und schornsteine gejagt.

der braunkohletagebau in der lausitz begann vor mehr als zweihundert jahren. er bescherte den einheimischen einen bescheidenen wohlstand, in der landschaft sorgte er für zusätzliche, deutliche veränderungen. weitere waldgebiete verschwanden, der grundwasserspiegel fiel und die wassertemperaturen stiegen. – man mag es kaum glauben, aber der immer noch imposante und urwüchsige spreewald unserer tage ist kaum mehr als der allerletzte krümel einer ehemals gewaltigen torte.

und nach dem braunkohle-tagebau, der sich in folge der wende zum großen teil verabschiedete, kamen die urlauber. nicht, das es vorher keine ´pilgerströme´ in diesen einzigartigen winkel deutschlands gegeben hätte, nein, nein, von der romatik im 19. jahrhundert an bis hin zu ddr-zeiten war die region zwischen schlepzig und burg ein ausflugs-mekka; doch mit der wiederkehr des kapitalismus und seiner gnadenlosen reisefreudigkeit, wurde der tourismus hier haupteinnahmequelle.

hatte man den spreewald bis dahin mit axt und bagger zerlegt, so erfolgte jetzt die nächste attacke mit bussen und eurocard. geschäftstüchtige unternehmer begannen sich in den neunziger jahren des letzten jahrhunderts teile der wald- und wasserwelt so zurechtzuschnitzen, das er in lukrative vermarktungskonzepte passte. da wurden ′autobahnen′ gebaut, z.b. von lübbenau nach lehde (inkl. bereifter bimmelbahn im ′neo-nostalgie-look′) und es entstanden, unter mysteriösen umständen, bettenburgen in den schönsten winkeln. und innerorts, in wassernähe, kämpfen seitdem, vom tagesgast unbemerkt, rivalisierende kahnfährunternehmen im dutzend um marktanteile, wie varietés auf sankt pauli, mit fast ähnlichen begleiterscheinungen.

gut, wer will es den eingeborenen verdenken? warum sollen sie vernünftiger sein als beutegermanen und eurojäger an der ostsee, der adria oder der algarve? warum sollen die spreewälder gurken züchten, quark mit leinöl naschen während andere anderswo dick absahnen? die möglichkeiten geld und fehler zu machen, sind da, und ebenfalls der nötige antrieb dazu.

dummerweise ist der, um den es geht, sprach- und damit machtlos; und diese schwäche wird von einigen zeitgenossen schamlos ausgenutzt, von investoren, glücksrittern und politikern und der einzelne spreewälder hat weder einfluß noch möglichkeit genug, diese geflechte von kapital, interessen und absichten zu durchschauen, - und was man nicht durchschaut, kann man auch nicht verändern. – schade eigentlich, denn die masterfrage lautet, wer wird in zukunft seine heimat in diesem stück paradies finden – der einfache schwarzstorch oder der gemeine profitgeier?

2. zum hintergrund

für jeden besucher des spreewaldes ist leipe, der ort, in dem die folgende geschichte spielt, ein absolutes muß, auch wenn leipe ziemlich versteckt mitten im labyrinth der 'wasserwelt' liegt. bis 1936 war diese fischer-, jäger- und bauernsiedlung nur über flussarme oder kanäle zu erreichen, erst dann wurde von lübbenau aus ein damm durch den wald bis nach leipe angelegt, knappe fünf kilometer durch urwüchsige wildnis, nicht sonderlich hoch über wasserniveau und nur so breit, das zwei fahrräder nebeneinander platz haben.

die erste richtige, für motorfahrzeuge befahrbare strasse folgte im jahre 1968; sie ist bis heute mehr oder weniger einspurig geblieben (mit ausweichstellen) und wer sie benutzt, für den ist in leipe endstation. ab hier erkundet man die gegend mit boot, kahn, fahrrad oder per pedes.

die im roman beschriebenen orte existieren also tatsächlich, ebenso wie etliche der lokalitäten, z.b. der 'spreewaldhof' oder der kleine kahnfährhafen in leipe. eine ausnahme bildet die 'lindenmühle'; sie ist ebenso frei erfunden wie die handlung selbst und sämtliche im stück erscheinenden figuren, vom örtlichen zeitungsboten, über den bürgermeister, bis hin zum pathologen der spreewaldklinik in lübben. – das nur, damit niemand auf falsche gedanken kommt.

lehde, im herbst 2003

der zeitungsmann

ein frischer wind strich ungemütlich durch das taufeuchte und nasskalte buschwerk, das jetzt, ende oktober, überall im wald seine blätter abwarf.

„rheumawetter“, knurrte bernd vollmann während er mit seiner wasserdichten umhängetasche über den schmalen trampelpfad in richtung ´lindenmühle´ lief. zeitungen auszutragen in leipe war abenteuer, auch wenn der zeitungsmann seinen weg buchstäblich im dunkeln finden konnte. die häuser und gehöfte lagen zum teil weit verstreut auf einer insel ohne jede höhen, die nur über den ewig langen wanderweg von lübbenau aus zu erreichen war oder über die holprige, meist einspurige straße mit unbefestigten seitenstreifen.

viele anlaufstellen ließen sich mit dem fahrrad erreichen, aber an etliche briefkästen und zeitungsröhren gelangte man nur über schmale trampelpfade, die selbst bei tageslicht noch ordentliche stolperfallen darstellten. doch nach jahren auf ein und der gleichen route wusste bernd vollmann genau, wo sich wurzeln und überhängende äste und schlaglöcher befanden, wo der boden nachgab, wo pfützen lauerten und wo er den fließen gefährlich nahe kam; und daher verfügte er weder über eine taschenlampe noch irgendwelches licht an seinem drahtesel.

alles war ihm vertraut und auch er war allen vertraut. die hunde bellten schon längst nicht mehr, wenn er sich den geduckten häuser und verwinkelten gehöften näherte; die katzen schlichen nicht mehr mit vorwurfsvollen blicken davon und selbst das scheue wild, enten, rehe, hasen, wildschweine, fasane und was sich sonst noch in seiner nähe befand, blieb ungerührt im nachtlager. der zeitungsmann gehörte dazu, so wie raureif, wind und sonnenstrahlen.

immer im gleichen trott, und meist im halbschlaf, verteilte er die beiden bevorzugten blätter, den ´blitz-kurier´, das revolverblatt der region, mit seinen ewig sensationellen titelzeilen, auch wenn nichts passiert war und die ´rundschau´, die weit weniger durch aufmachung lockte als durch inhalt; aber für beides hatte bernd vollmann morgens, zwischen vier und sechs keine augen. seit fast zehn jahren lief er ohne unterbrechung von haus zu haus und er hatte dabei bemerkt, das sich alles wiederholte, auch titelzeilen und inhalte.

anfangs war es hartes brot gewesen, jeden morgen ab kurz nach vier uhr auf achse zu sein, aber nachdem die braunkohle direkt im anschluß an die wende vor die wand gefahren worden war, vom westen aus, und sich mit kahnfahren und als kleinst-landwirt allein keine dreiköpfige familie mehr ernähren ließ, hatte der gelernte dreher sich notgedrungen nach einer anderen geldquelle umsehen müssen; und weil gerade in diesem augenblick ein zeitungsausträger für die gegend gesucht wurde, hatte er sich beworben und war sofort genommen worden. kein wunder, er war in leipe auf die welt gekommen, mitten im sozialismus, und hatte jeden tag seines lebens im dorf verbracht, mit ausnahme von zwei mal einer woche ostsee.

heute konnte er sich sein leben kaum noch anders vorstellen. kurz vor vier ging der wecker und ein pieps reichte. geräsuchlos rollte bernd vollmann aus dem schmalen ehebett in dem, zwischen ihm und seiner frau, oft auch noch tienchen schlief, ihre vierjährige tochter. anziehen, waschen und zähneputzen gingen im halbschlaf vonstatten; was ihn wirklich weckte, waren die beiden tassen kaffee aus der thermoskanne und die scheibe graubrot mit himbeermarmelade, ohne die es morgens nicht ging. sommer wie winter stieg er dann in seine wasserdichten stiefel, warf seine umhängetasche über und verließ, beinahe wie ein dieb, das haus. vor der tür wurde er, seit fünf jahren, morgen für morgen von emil begrüßt, einem dunkelbraunen, glatthaarigen setter, der wild um ihn herumsprang, ohne zu kläffen, während vollmann zum hofgatter stapfte, wo der expressservice, in einem kleinen verschlag, die beiden zeitungsstapel deponiert hatte. es waren schwindsüchtige, kleine bündel, denn leipe zählte knapp 150 seelen in rund 50 haushalte und nicht alle hatten eine zeitung abonniert.

die lindenmühle, das trutzige, dreieinhalbstöckige herrenhaus aus rotem klinker, lag ziemlich am ende seiner tour und drei parteien mussten hier beliefert werden. keine aufregende sache, denn alle häuser lagen auf der gleichen seite der hauptspree und waren durch einen kleinen fußweg miteinander verbunden. von haus nummer eins waren es 48 schritte bis zum haus nummer zwei, dann kamen eine feuchte senke und noch eimal 61 schritte bis zur dritten station. bernd vollmann hatte alle distanzen nach und nach genau ausgemessen. doch heute hielt er schon nach 24 schritten inne. irgendetwas merkwürdig großes trieb im fluß, oben auf der spiegelglatten, dunkelgrünen wasseroberfläche, irgendetwas, das so da nicht hingehörte. es hatte arme und beine und einen kopf und trug einen trenchcoat, der weit ausgebreitet auf dem wasser schwebte.

„ach du scheiße," murmelte der zeitungsmann und blinzelte angestrengt durch den dünnen morgennebel, der zwischen den bäumen festhing. seiner rechten hand entglitt der einwurfbereite ′blitz-kurier′ und landete geräuschlos im uferschlamm. für einen augenblick spielte vollmann mit dem gedanken in den kanal zu springen, aber er verwarf die idee nach einem zweiten blick auf seinen fund. auch ohne medizinische kenntnisse war klar, hier gab es nichts mehr zu retten. außerdem hatte das wasser höchstens sechs bis acht grad.

pietät und takt

es war genau fünf uhr und zehn minuten als ihn das telefon aus den träumen riß. der urlaub war gerade drei wochen her und in seiner phantasie lag hauptkommissar lukas kieselbach immer noch unter kubanischen palmen mit blick auf ein kitschigblaues meer, das mit leisen wellen an einen makellos weißen karibikstrand klopfte. all das zerplatzte wie eine seifenblase, denn am rohr hing sein alter freund bernd und brabbelte irgendetwas von einer wasserleiche in leipe.

„absolut sicher?" erkundigte sich der kommissar.

„absolut," kam es mit bestimmtheit zurück.

„und du bist nüchtern?" kieselbachs frage hatte hintergrund, denn es war allgemein bekannt, das der ehemalige braunkohlemann nicht zu den kostverächtern bei niedrig- und hochprozentigen getränken galt, obwohl es den fährleuten strikt untersagt war, alkohol zu sich zu nehmen, in der ausübung ihres dienstes; und fährmann war bernd vollmann allemal.

„ich schwöre dir, nicht einen tropfen seit zwei tagen," versicherte der zeitungsbote.

„aha, halluzinationen," knurrte kieselbach, „ich hab´s doch gewusst."

„quatsch," fluchte der anrufer. „hier treibt eine ausgewachsene leiche mitten durch den ort, hundert prozent, genau wie im krimi."

„voll angezogen?"

„voll angezogen!"

„männlich oder weiblich?“

„männlich, würd´ ich sagen, hat kurzes haar und trägt hosen. ist außerdem ziemlich groß.“

„sonst noch was festzustellen?“

„was denn?“

„na, irgendwas besonders, irgendwas auffälliges.“

„hey, mann, hier ist es düster wie im bärenkäfig.“

„also, keine axt im schädel?“

„nö, nur zwei dunkle flecken auf dem rücken. könnte vielleicht blut sein, kann ich aber nicht genau sagen.“

„schon in ordnung,“ lobte kieselbach und wuchtete sich aus seinem schlafwarmen bett. „ich hoffe, du hast nichts angefasst und alles so gelassen wie´s war.“

„klar doch, die leiche treibt mitten im fließ, da kommt man ohne boot oder kahn nicht ran, keine chance.“

„okay,“ der kommissar hatte das winzige badezimmer erreicht und begann systematisch nach seiner zahnbürste zu suchen. „du gehst zurück zu deiner leiche und passt auf, das ihr nix passiert, klar?“

„was soll der denn noch passieren?“ erkundigte sich vollmann.

„manchmal verschwinden auch leichen,“ gab der kriminalist zurück. die zahnbürste stand natürlich nicht da, wo sie stehen sollte.

„aber nicht im spreewald,“ kam es trocken zurück.

„mach dich auf die socken,“ knurrte lukas kieselbach. „und es wird nichts angefasst, auch wenn der kamerad ans ufer treibt, klar?“

„wie groß ist der amtliche sicherheitsabstand? reichen zwei meter?“

„und jeder, der an die leiche will, wird verscheucht, auch klar?“

„könnte schwierig werden; um diese zeit ist rush-hour in leipe,“ antwortete der zeitungsmann.

„normalerweise treiben sich da auch keine leichen rum, oder?“

„eher weniger,“ gab vollmann zurück. „aber bevor ich zurücklatsche, werde ich mir erst mal einen ordentlichen schluck genehmigen auf den schreck. ich sach´s nur, damit du nicht hinterher sagst, ich hätte mir vorher schon einen abgebissen. is schließlich meine erste leiche.“

„wenn die halluzination noch an ort und stelle ist, bist du voll entschuldigt. aber paß auf, das du nicht auch noch im kanal landest. die ufer sind glitschig.“

„ich hab erst letzten samstag gebadet.“

„dann übertreib´s nicht,“ antwortete lukas kieselbach. die zahnbürste lag auf dem verchromten toilettenpapierhalter zusammen mit seinem portemonnaie. solche dinge passierten ihm laufend. „wir sind so schnell wie möglich bei dir.“

„mach halblang, lukas“ antwortete der zeitungsmann. „der fisch schwimmt euch bestimmt nicht mehr weg.“

am fundort

zwanzig minuten nach dem anruf legten die wasserschutzleute mit zwei booten im menschenleeren spreewaldhafen ab. kieselbach, sein noch-stellvertreter enderlein, schmitz, der neue, sowie kollege minkner befanden sich auf dem größeren boot, ´biber 20´, die kolleginnen lersch und guttmann folgten mit ´biber 18´, einer geschrumpften ausgabe von nummer zwanzig.

gnadenlos laut passierten sie die schneidemühle, bogen nach rechts in die hauptspree ein und schossen bei kaupen 6 vorbei, der postkartenkneipe am ortseingang von lehde. beide boote hatten ihre scheinwerfer eingeschaltet, deren lichterkegel hüpfend über die moorschwarze wasseroberfläche tanzten. der fluß zwischen lübbenau und leipe war relativ breit für spreewaldverhältnisse, an manchen stellen zwanzig meter und mehr, aber überall lauerten gefahren für ein boot, das annähernd mit höchstgeschwindigkeit durch das mattschimmernde wasser schnitt. treibende äste und querliegende baumstämme hatte der wald in genügender zahl zu bieten und wer mit seinem gefährt auf ein derartiges hindernis prallte, der hatte sich in sekundenbruchteilen selbst versenkt.

sie passierten den hechtgraben, der noch einmal nach lehde hineinführte, drifteten gedrosselt durch einige flußbiegungen und drehten danach wieder voll auf, denn die letzten drei kilometer nach leipe verliefen, abgesehen von drei langezogenen bögen, fast kerzengerade. nur einmal ging kieselbach vom gas und glitt behutsam an einer halb versunkenen birke vorbei, die quer zur fahrtrichtung treibend den halben flußlauf blockierte.

nach weniger als zehn minuten erschien vor ihnen die neugebaute leiper schleuse. beide tore flussabwärts waren geöffnet und wie ein waldgeist tauchte bernd vollmann aus der dunkelheit auf.

„du solltest doch bei der leiche bleiben," knurrte der kommissar.

„und ich dachte, es gibt ein lob, weil ich die schleuse bedient hab´," konterte der zeitungsbote, der ziemlich streng nach billigem fusel roch. „und außerdem, töter als tot geht nicht."

„mach hinne," gab lukas kieselbach zurück während er sein boot in die schleuse manövrierte; vollmann schloß die beiden hinteren tore und wanderte gemächlich nach vorn.

„gibt´s für leichen eigentlich finderlohn?" erkundigte er sich trocken, „oder eine aufwandsentschädigung? is´ echt kein vergnügen, so mit ´ner leiche vor der nase."

„die nächste alkoholkontrolle kommt bestimmt,“ antwortete kieselbach. langsam, so das der zeitungsmann aufspringen konnte, ließ er die ′biber 20′ in das offene wasser gleiten und steuerte mit halber kraft an der breiten anlegestelle des spreewaldhofes vorbei, wo sich im sommer paddelboote und kähne drängten. jetzt, ende oktober, war hier absolut tote hose. sie unterquerten die schmale brücke, die auf den rad- und wanderweg nach lübbenau führte und tuckerten in den winzigen ort hinein. rechts und links der spree standen schmalbrüstige häuser und winzige gehöfte, die lebhaft zeugnis davon ablegten, das im spreewald die wenigsten mit einem goldenen löffel im mund zur welt kamen.

zwei raubvögel strichen dicht über den kleinen konvoi hinweg und verschwanden heiser krächzend im wald; irgendwo begann ein köter zu jaulen.

sie passierten die einfahrt zur unteren boblitzer kahnfahrt und hatten das ortsende fast erreicht, als vollmann aufgeregt nach vorne zeigte. „da hinten, da liegt der knabe, halblinks.“

enderlein richtete den suchscheinwerfer aus und tastete die wasseroberfläche ab. nach wenigen sekunden wurde er fündig. sein dienststellenleiter bugsierte die ′biber 20′ so dicht es ging an den leblosen körper heran. minkner hielt die dienstkamera parat und begann photos zu schießen. steiner und seine leute von der spurensicherung mußten aus senftenberg anrücken, mehr als 80 kilometer entfernt und würden vor tagesanbruch nicht zur verfügung stehen. und ob sie hier, im wasser und am wasser irgendwelche spuren finden würden, war ohnehin mehr als fraglich.

„zwei einschüsse im rücken; ziemliches kaliber,“ kommentierte schmitz, mit knapp 28 der jüngste an bord und beugte sich dabei so stark über die winzige reling der ′biber 20′, das er die nußschale beinahe zum kentern brachte. er war neu im team, ein echter wessi aus der nähe von bonn, fast zwei meter groß und dabei tapsig wie ein bär und der ersatzmann für enderlein. kieselbachs bisheriger stellvertreter hatte sich vor einiger zeit um die stelle als leiter der kleinen kripo-dienststelle in lübbenau beworben und den posten tatsächlich bekommen.

„mit anderen worten, ein sauberer mord," schlussfolgerte kollege minkner trocken. „und damit kundschaft für unseren leichendoktor."

kieselbach nickte. minkner griff zum diensthandy und wählte die nummer der spreewaldklinik in lübben. in kurzen zügen erläuterte er den tatbestand während die damen mit ′biber 18′ die leiche passierten, um die hauptspree flussaufwärts mit absperrband für etwaigen durchgangsverkehr zu schließen.

„sie werden den medizinmann aus den federn holen und mit tatütata anliefern," erklärte minkner und klappte das handy zu.

kieselbach nickte und warf einen zweiten blick auf die leiche, die mit dem gesicht nach unten im fast stehenden fließ lag. frisur und figur kamen ihm bekannt vor und wenn sich sein verdacht bestätigte, dann war ab sofort tango. „das gesicht mal kurz zur seite drehen, damit man was erkennen kann."

schmitz zog sich zwei plastikhandschuhe über, beugte sich ein weiteres mal über bord und packte die schultern des toten mit seinen beiden pranken.

„nur das gesicht," ordnete kieselbach an, „nicht den ganzen mann."

„okay, chef," antwortete kevin schmitz und der leichnam schlug zurück ins wasser, das es spritzte. „′tschuldigung," murmelte der riese. beinahe behutsam und mit einer hand fasste er dann den hinterkopf der leiche und drehte das gesicht in den bootsscheinwerfer.

„au weia,“ stöhnte der kommissar, „das hat uns gerade noch gefehlt.“

„sagenhaft,“ fügte minkner hinzu und pfiff durch die zähne. „paul grigoleit.“

„donnerwetter,“ schnaufte vollmann beinahe anerkennend, „da werden sich jede menge leute aber mächtig freuen.“

„du gehst jetzt besser nach hause,“ erklärte kieselbach amtlich.

„jetzt, wo´s gerade spannend wird? ne lukas, ich bleib hier, prost.“ aus der rechten jackentasche seiner windjacke zog der fährmann und zeitungsausträger eine bauchige flasche und genehmigte sich einen kräftigen schluck. „ich meine, war doch wohl allen klar, das dieser herr nicht im bett sterben würde, oder?“

„halt wenigstens die klappe,“ antwortete der kommissar unwirsch. natürlich hatte vollmann in irgendeiner weise recht, grigoleit gehörte zu den bestgehassten männern weit und breit, aber jemandem das lebenslicht auszublasen, egal warum, war keine sache für scherze, spott oder häme.

„das riecht verdammt nach ärger,“ knurrte enderlein.

„und nicht zu knapp, “ fügte minkner hinzu.

„und weswegen?“ erkundigte sich kevin schmitz und brachte die leiche in ihre ursprüngliche lage zurück.

„darum,“ gab enderlein einsilbig zurück.

„tolle antwort,“ maulte der neue. „geht´s auch was genauer?“

„das ist eine lange geschichte, herr kollege, und auch eine sehr komplizierte,“ erklärte der dienststellenleiter. „und für jemanden ohne vorkenntnisse kaum zu verstehen.“

„also, im rheinland gibt´s mit sicherheit mehr leichen als hier,“ knurrte schmitz. „und leiche ist leiche.“

„medizinisch vielleicht, aber das hier ist was besonderes.“

„zwei arme, zwei füße, zwei kugeln im rücken, was ist das besondere?“ kam es respektlos zurück.

„na zum beispiel, das mir auf anhieb ein gutes dutzend leute einfallen, die für diese beiden kugeln verantwortlich sein könnten,“ antwortete sein vorgesetzter.

„der typ ist also bekannt in dieser gegend?“ folgerte schmitz.

„die leiche, also herr grigoleit, ist hier so bekannt wie bei euch willy millowitsch.“

„millowitsch war aber ziemlich beliebt und nicht nur bei uns.“

„und genau das ist der unterschied, paul grigoleit ist bei etlichen leuten ungefähr so beliebt wie chronisches asthma.“

„´war´ so beliebt,“ korrigierte enderlein.

„da werden einige mit sicherheit aufatmen und die daumen drücken, damit wir den täter nicht erwischen,“ unkte minkner.

„solange sie nur die daumen drücken, geht´s ja noch,“ knurrte kieselbach. der wald, besonders die gegend um burg herum, hatte zum teil seine eigenen gesetze. die meisten eingeborenen hielten nicht viel von uniformierten. liefen irgendwelche dinge schief, regelte man das untereinander, wie zu urzeiten, auge um auge, zahn um zahn und die polizei blieb außen vor. daran hatten weder kaiserzeit, sozialismus noch kapitalismus ernsthaft etwas geändert. ob pickelhaube oder mütze, die polizei wurde im wald behandelt wie vierbeiner bei aldi: ´wir müssen draußen bleiben´ und ende.

„und warum stand dieser herr grigoleit überall auf der abschußliste?“ erkundigte sich der tapsige riese.

„ach gott,“ schnaufte lukas kieselbach und rieb sich die noch müden augen. „um das zu erklären, bräuchte man stunden.“

„der tag ist sowieso im eimer,“ erklärte schmitz und machte es sich auf den schmalen polstern der ´biber 20´ bequem. „ich höre.“

die grigoleit story

„na ja,“ begann minkner, „grigoleits beliebtheit hat quasi historische gründe. der feine herr war nämlich stasimitarbeiter und zwar einer von den oberen, major oder so beim rückwärtigen dienst, mit sitz in cottbus, mit direktem draht nach berlin. wer ihm in die schußlinie geriet, war ziemlich schnell erledigt.“

„rückwärtiger dienst?“ fragte schmitz. „kann das mal einer übersetzen?“

„na ja, rückwärtiger dienst bedeutet so was wie versorgung und nachschub,“ erklärte sein kollege. „geh du mal an die front, ich hol die verpflegung.“

„verstehe,“ murmelte der neue aus bonn. „ein klassischer etappenhengst, also.“

der hauptwachmeister nickte. „und hier in leipe befanden sich quasi seine ´schön-wetter-residenz´ und das gästehaus der stasi; für diese herrschaften kam natürlich nur das allerbeste in frage.“

„okay, aber der ganze spuk ist doch inzwischen seit fünfzehn jahre vorbei, oder etwa nicht?“ erkundigte sich kevin schmitz.

„wie man´s nimmt,“ antwortete minkner. „die stasi ist zwar verschwunden aber ihre mitarbeiter konnten sich ja schlecht in luft auflösen. wir hatte doch direkt nach dem krieg den selben krempel mit den nazis. offiziell gab es nach 45 keinen einzigen braunen mehr in deutschland, alle von der bildfläche verschwunden, von einem tag auf den anderen. aber in wirklich saßen die alten nazis immer noch genau da, wo sie vorher schon gesessen hatten, in verwaltungen, in gerichten, in der wirtschaft, in der politik und natürlich immer in entscheidenden positionen."

schmitz nickte. geschichte war nicht sein lieblingsfach gewesen, außer sport hatte er eigentlich nie ein lieblingsfach gehabt, aber an die sache mit den nazis konnte er sich einigermaßen erinnern. ´diese verbrecher hatten alles bestens im griff´, war der standardspruch seines geschichts- und klassenlehrers gewesen, ´auch nachdem ihr reich längst zusammengebrochen war´.

„direkt bei der wende hat sich grigoleit erstmal in den westen abgesetzt, denn hier war der boden für einige stasi-leute plötzlich ziemlich heiß geworden," fuhr minkner fort. „aber zwei jahre später tauchte er plötzlich wieder auf und präsentierte eine einwandfreie besitzurkunde für das schönste, größte und strategisch am besten gelegene grundstück in ganz leipe, nämlich seine alte stasi-bleibe."

„wer schreibt, der bleibt," murmelte der neue. „uralte skatregel."

„aber rechtlich alles einwandfrei und unangreifbar," erklärte der hauptwachmeister. „anfangs haben ein paar leute gemeutert und irgendwer hat ihm dann eines nachts mal das garagendach angesteckt, aber das war´s dann auch."

„und von dieser basis aus hat er sich dann breit gemacht," fuhr kieselbach fort.

„genau, und zwar zügig und ohne rücksicht auf verluste," fügte minkner hinzu. „in null-komma-nix hatte er die alte stasi-burg in ein dickes hotel mit kneipe umgebaut, mit einer nagelneuen pension nebendran, mit swimming-pool und 36 betten; selbstverständlich ohne jede baugenehmigung."

„na ja, auf bauämtern ticken die uhren halt anders," feixte schmitz.

„stimmt, genau einmal am tag," fügte minkner hinzu. „bauamtlich ist der abriß der mauer heute noch immer nicht genehmigt."

„das war aber erst der anfang," fuhr vollmann fort und genehmigte sich den nächsten schluck aus der flasche. „inzwischen hat grigoleit seine finger in allem, was hier im wald von bedeutung ist. ihm gehören inzwischen die hafenkneipe hier im ort mit noch mal zwanzig betten, die alte ´sorben-schänke´ und das bahnhofsrestaurant in cottbus."

„die ´sorben-schänke´? dieser riesen touri-laden da draußen im wald?" erkundigte sich der rheinländer.

„genau die. neben ´wotschofska´ die größte und älteste kneipe in der gegend," erläuterte enderlein.

„nicht schlecht. der mann weiß, was er will."

„andere wissen auch, was sie wollen," kommentierte kieselbach, „aber grigoleit bekommt auch, was er will."

„legal oder auf krumme touren?" erkundigte sich schmitz.

„offiziell läuft alles völlig legal. der mann weiß, wie´s geht. bevor andere die nase an irgendwelche sachen kriegen, hat grigoleit bereits zugeschlagen; und wenn es um kaufpreise ging, dann war grigoleit sowieso unschlagbar," erläuterte vollmann bereitwillig.

„und woher stammt das geld?" erkundigte sich der rheinländer.

„keine ahnung. sein bruder ist ein hohes tier bei der bank; angeblich besorgte der ihm die nötigen kredite," sagte der zeitungsbote.

„man munkelt natürlich auch was von stasi-geldern. aber dafür fehlt jeder beweis, alles nur blanke spekulationen," erklärte enderlein. „es hat bisher nicht eine einzige verwertbare anzeige gegeben."

„also, alles im grünen bereich?" fragte schmitz.

„absolut," antwortete minkner, „genauso wie zu ddr zeiten."

„aber irgendwer hatte jetzt wohl die nase voll gehabt von diesen spielchen?"

„sieht fast so aus," knurrte der hauptmeister und blickte auf die leiche neben dem boot. „saubere blattschüsse. aber von hinten. das gehört sich nicht." minkner stammt mitten aus dem wald und besaß wie viele leute dort eine ziemlich alttestamentarische einstellung zu gerechtigkeit und gewalt. aber heimtücke war darin nicht unbedingt enthalten.

„wir könnten jetzt einen kaffee gebrauchen," merkte eine der beiden damen an. sie hatten die absperrarbeit beendet und kamen mit ihrer kleinen schaluppe längsseits. es war kurz nach sechs, immer noch stockfinster und die feuchte kälte kroch allmählich durch die uniformen.

„wieso kaffee?" antwortete vollmann und präsentierte seine flasche mit schabau. „das hier macht auch warm."

„mit sicherheit," gab der kommissar zurück, „aber kaffee wäre uns allen jetzt lieber." er, enderlein und vollmann waren zusammen in die gleiche grundschulklasse gegangen. mit unterschiedlichem erfolg, denn bernd vollmann hatte sehr früh eine ´papierallergie´ entwickelt, wie er es nannte. quasi zur strafe ließ ihn das schicksal jetzt zeitungen austragen.

„dazu müsste ich erst mal an land," knurrte der finder der leiche.

„kein problem," antwortete kieselbach und warf den motor den. „wir setzen sich dich zu hause ab und werden dann frau grigoleit einen besuch abstatten. irgendjemand, der freiwillig mitkommen möchte?"

minkner begann plötzlich eine boje neben die leiche zu setzen, der neue versuchte ihm dabei zu helfen und enderlein schüttelte den kopf.

„na, herr schmitz," verkündete sein vorgesetzter, „dann eben wir zwei."

„muß das sein?" erkundigte sich das riesenbaby mit wenig begeisterung.

„natürlich," erklärte kieselbach ernst. „wie wollen sie sich sonst mit den örtlichlichen gegebenheiten vertraut machen?"

in der festung

sie wechselten auf das kleinere boot, lieferten vollmann in der nähe seines hauses ab und steuerten auf die alte lindenmühle zu, auf derem parkartigen gelände das haus der grigoleits lag, nur wenig hundert meter vom fundort der leiche entfernt.

kaum hatten sie mit ′biber 18′ den schmalen landesteg touchiert, flammte vor ihnen ein intensiver punktstrahler auf, dessen grelles licht unerwünschte eindringlinge sofort vertreiben musste.

zwei weißgetünchte gebäude, massig und riedgedeckt, schimmerten hinter der unangenehmen lichtquelle undeutlich durch die nachtschwärze. im linken, der ehemaligen wochenend-residenz der stasi, lebten die neuen besitzer, das rechte, die einstige unterkunft für politgäste, wurde jetzt ganzjährig an zahlungskräftige spreewaldurlauber vermietet.

„nicht schlecht, herr specht," murmelte schmitz, als sie sich über einen sorgsam gepflasterten weg, der sich in einem doppelten bogen durch den englischen rasen schlängelte, dem wohnhaus näherten. „so ein grundstück bei uns im rheinland und du hast ausgesorgt."

„hier auch ," antwortete sein chef emotionslos und betätigte die türglocke. auf der anderen seite der wand ertönte ein halbwegs melodischer dreiklang und das weniger melodische gebell eines hundes.

„ja bitte?" tönte es kurze zeit später aus der gegensprechanlage über dem klingeknopf zurück.

„kieselbach, wasserschutzpolizei. wir müssten mit ihnen sprechen, frau grigoleit."

„einen augenblick bitte." es schnarrte in der gegensprechanlage, kaltes neonlicht erleuchtete das haus von innen und der hund legte an lautstärke zu.

während sie warteten, wies kieselbach seinen kollegen mit kurzen fingerzeigen auf die beiden versteckten kameras hin, die den unmittelbaren eingangsbereich und die fensterfront der rustikalen villa bewachten.

„hier auf dem grundstück sind mindestens ein halbes dutzend davon versteckt. alle mit bewegungsmeldern verbunden, genauso wie das licht."

„liegen hier die stasi-millionen?" fragte schmitz.

„wer weiß?" antwortete sein chef. „aber wer so viel in seine sicherheit investiert, wird schon wissen warum."

„sollte man meinen."

innen begann die entriegelung der massiven haustür, ein prozess der mehr als eine halbe minute in anspruch nahm. dann öffnete sich das portal und vor den beiden beamten erschien eine mittelgroße, schlanke frau mit kastanienbraunen, halblangen haaren. sie trug einen dunkelblauen, fast schwarzen morgenmantel und goldene, hochhackige hausschuhe. mit großen, fragenden augen blickte sie die beiden männer an. kieselbach wusste das elvira grigoleit inzwischen mitte vierzig sein musste, doch selbst jetzt, ungeschminkt und unausgeschlafen, wirkte sie noch immer ausgesprochen attraktiv. wenn sich die stasi bediente, dann immer nur vom feinsten.

„kommen sie herein." die frau nickte den beamten zu und der drahtige jagdhund an ihrer seite begann leise aber deutlich zu knurren. sie fasste energisch sein halsband und streichelte beruhigend den kopf des tieres. die beamten betraten eine kleine, halbhoch gefließte halle, deren wände über und über mit jagdtrophäen geschmückt waren. hirschgeweihe, ausgestopfte wiesel, füchse, ein bussard und drei enorme, präparierte hechte hinter glas.

„es geht um meinen mann, stimmt´s?"

„leider ja," lukas kieselbach nickte.

„irgendwann musste es ja so kommen," sagte die dame des hauses ohne eine erklärung der beamten abzuwarten. „was glauben sie, wie oft ich mir in all den jahren diesen moment ausgemalt habe. eines tages steht die polizei vor deiner tür, um mir mitzuteilen, das mein mann nicht mehr lebt. er ist doch tot, oder?"

lukas kieselbach nickte.

„ein unfall?"

lukas kieselbach schüttelte den kopf. „so wie es aussieht, nein."

„zwei glatte schüsse in den rücken," erklärte schmitz mit der unbefangenheit eines fleischerhundes. „er muß sofort tot gewesen sein."

„und wo haben sie ihn gefunden?"

„in der hauptspree, nicht allzu weit von hier entfernt."

„dann ist er ja nicht weit gekommen, diese nacht." leichenblaß, mit leeren augen starrte die frau des ex-stasi mannes durch die beiden beamten hindurch. „halten sie mich jetzt nicht für gefühllos, weil ich nicht weine oder zusammenbreche, aber innerlich bin ich seit ewigen zeiten auf diesen moment vorbereitet. ich hatte nur gehofft, das er nie kommen würde."

„können wir ihnen trotzdem ein paar fragen stellen, oder sollen wir später noch einmal wiederkommen?“

„nein, nein, bleiben sie ruhig. es ist vielleicht sogar besser wenn sie bleiben, ich bin jetzt ganz allein im haus, meine tochter wohnt zur zeit in cottbus. ich werde sie anrufen müssen.“

„wir können das für sie übernehmen, wenn sie wollen,“ antwortete der kommissar.

„nicht nötig. meine tochter lebt mit den gleichen problemen wie ich; nur mein mann,“ sie stockte für eine sekunde, „nur mein mann hat uns immer ausgelacht. er war fest davon überzeugt, das ihm nie etwas zustoßen würde.“

„und wieso war er sich da so sicher?“

„na ja, sein reden war, erstens sind die burschen hier draußen viel zu feige und zweitens hab´ ich jeden einzelnen von ihnen in der hand. die werden sich hüten, mir auch nur ein haar zu krümmen; dann gehen die meisten leute in dieser gegend hoch wie raketen.“

„wie hat er das gemeint?“

„na ja, sie wissen doch so gut wie jeder hier, das mein mann bei der stasi war und da sammelt man hauptsächlich informationen, immer weiter informationen. und in mehr als zwanzig jahren mitarbeit dürfte da einiges zusammengekommen sein, über jeden hier, wenn man die leute nur lange und intensiv genug beobachtet und aushorcht.“

„ein wahres wort,“ murmelte der kommissar. aus seinem verwandten- und bekanntenkreis hatten einige bekanntschaft mit der stasi gemacht und einige davon waren, auf grund lächerlicher und konstruierter vorwürfe, für etliche zeit hinter schwedischen gardinen verschwunden.

„nehmen sie im wohnzimmer platz, ich werde meine tochter verständigen.“ mit ihrer schlanken, weißen rechten hand wies frau grigoleit in richtung einer großen zweiflügligen eichentür mit butzenscheiben. der jagdhund verfolgte die beamten mit argwöhnischen blicken während sie den langgestreckten salon betraten. auch hier zierten beweise waidmännischer erfolge die wände zu allen seiten, nur stammten die objekte hier aus fernen ländern.

„heiliger strohsack," murmelte schmitz und blickte auf die köpfe von zwei löwen, einem leoparden, einem kaffernbüffel, einem gnu und einem puma, die im tode vereint den raum schmückten. „war also nicht nur ein bambimörder, dieser herr."

„sieht ganz so aus."

„aber jetzt ist der schuß ganz schön nach hinten losgegangen, was?"

„scheint so."

„ob der killer sich grigoleit auch so zuhause an die wand hängen würde, wenn er könnte?"

„es reicht, schmitz, es reicht," wies kieselbach seinen jungen kollegen zurecht, gerade noch rechtzeitig, denn die hausherrin kehrte zurück.

„meine tochter war nicht im haus, ich habe ihr eine nachricht auf den anrufbeantworter gesprochen. dafür wird meine schwägerin gleich hier sein. ihr gehört die ´bauernschenke´ gleich nebenan."

„ich weiß," antwortete lukas kieselbach freundlich. „vielleicht darf ich ihnen in der zwischenzeit ein paar routinefragen stellen, gnädige frau? haben sie in dieser nacht schüsse gehört?"

„sie meinen die todesschüsse?" elvira grigoleit schüttelte den kopf. „wissen sie, hier im wald wird so viel herumgeballert, das man schüsse schon gar nicht mehr beachtet. auf irgendein wild darf immer geschosssen werden. außerdem habe ich einen sehr festen schlaf. deswegen hat mein mann auch diesen ganzen sicherheitsschnickschnack einbauen lassen; nicht seinetwegen, sondern weil man mich im schlaf abtransportieren kann ohne das ich wach werde. er hatte mehr angst um seine familie als um sich selbst."

„das heißt aber, mit anderen worten, ihr mann fühlte sich und seine familie bedroht?"

„generell oder aktuell?" kam es zurück. die dame wirkte gefasst, äußerlich stark, aber kieselbach wollte nicht wissen, wie es jetzt in ihr aussah. sicher, wer mit einem wie paul grigoleit lebte, musste auf das schlimmste gefasst sein, aber konnte man sich wirklich auf so ein ereignis vorbereiten?

„sagen wir aktuell."

„nicht das ich wüsste." die dame des hauses schüttelte den kopf. „jemand in der position meines mannes hatte natürlich immer feinde und neider, vor und nach der wende. der ganze ort ist voll von diesen leuten."

fein formuliert, dachte lukas kieselbach, so als ob grigoleit ein höchst ehrbares und erstrebenswertes amt bekleidet hatte.

„dabei müssten ihm viele in dieser gegend eigentlich hochgradig dankbar sein, denn sie leben hauptsächlich von seinen ideen und seinem geld. mein mann war doch der einzige, der versucht hat, aus diesem verschlafenen kaff eine touristenattrakation zu machen. er hat begonnen ein ortsmuseum aufzubauen, er hat hotels und gasthäuser aufgebaut und busse gechartert; die anderen haben doch nur däumchen gedreht und am hafen auf die reichen melkkühe aus dem westen gewartet. und heute beschweren sich diese schlafmützen lauthals über meinen mann, weil angeblich für sie nichts mehr übrig bleibt. pech gehabt," die witwe zuckte mit den achseln, „aber, wer zu spät kommt, den bestraft halt das leben."

elvira grigoleit hatte in einigen dingen nicht ganz unrecht, mußte kieselbach widerwillig eingestehen. auf die initiative ihres mannes hin und nur mit seinem geld war das eher belanglose ortsmuseum um zwei neue attraktive gebäude erweitert worden; und die altbackene ausstellung über das leben im spreewald hatte er durch den ankauf von zahlreichen exponaten gründlich erweitert. und das mit den kneipen und den busunternehmen, die mehr und mehr touristen in diesen entlegenen winkel des spreewaldes karrten, stimmte auch.

„es gab also niemanden speziell, mit dem ihr mann in der letzten zeit irgendwie quer lag?“

die attraktive witwe zuckte mit den schultern. „höchstens mit jörg. so wie die dinge lagen, war eine jahrelange freundschaft dabei in die brüche zu gehen.“

„welcher jörg?“

„jörg zumdick.“

„was? der bürgermeister?“ kieselbach hörte zum ersten mal, das grigoleit und der parteilose bürgermeister der gemeinde dicke freunde waren. das würde natürlich im nachhinein vieles erklären.

„genau der.“

„und weshalb drohte diese freundschaft in die brüche zu gehen?“

„genaues kann ich ihnen nicht sagen. am besten fragen sie zumdick selbst. ich weiß nur, das es wieder mal um irgendwelche grundstücke ging.“

„welche grundstücke?“

„wie gesagt, keine ahnung, aber vermutlich irgendwelches areal hier in leipe, mein mann hatte mit dem ort noch einiges vor.“

der hund draußen in der halle schlug kurz an und fast gleichzeitig klopfte es an der tür.

„das wird hanna sein, meine schwägerin.“ die dame des hauses erhob sich aus ihrem sessel und begab sich in richtung tür. kieselbach hörte eine laute, überschnappende stimme und gab schmitz das zeichen zum aufbruch.

„nur kein hysterisches weib am frühen morgen."
„leichen sind da wesentlich angenehmer," gab das riesenbaby zurück.

mit standgas tuckerten sie die kurze strecke zurück zum fundort. am östlichen horizont deutete ein heller grauer schleier das nahen des neuen tages an. ob sich heute die sonne zeigen würde, war allerdings mehr als fraglich; zu dicht und zu tief hingen die dunklen schlechtwetterwolken am himmel.

als kieselbach und schmitz wieder in die hauptspree einbogen, sahen sie, das die uferstücke rechts und links des wassers ebenfalls mit rot-weißem absperrband gesichert waren. steiner und seine spürhunde hatten ihre arbeit bereits aufgenommen.

„schon irgendwas entdeckt?" frage kieselbach nach der kurzen begrüßung.

steiner winkte ab. „keine chance bei dem licht. und wahrscheinlich auch völlig sinnlos. wenn wir die fließgeschwindigkeit haben und der doktor mit der ungefähren tatzeit herausrückt, dann können wir den tatort eventuell einigermaßen bestimmen. hier, wo die leiche jetzt liegt, wird sie mit aller wahrscheinlichkeit nach nicht ins wasser gefallen sein. es sei denn, grigoleit konnte über wasser laufen und hängt an einem anker."

„weder noch," antwortete der kommissar. schweigend starrten die beiden kriminalisten auf den leichnam.

„und der standort des schützen, wo könnte der gewesen sein?"

„gute frage, nächste frage," murmelte steiner. „vermutlich dürfen wir quadratmeterweise die gesamte umgebung absuchen und von glück sagen, wenn dabei ein zerschmatschter fußabdruck herausspringt."

„wäre ja schon mal ein schritt nach vorn," antwortete der kommissar und sein kollege nickte.

„wird wahrscheinlich eine ganze menge staub aufwirbeln, die sache,“ murmelte steiner nach einer guten weile. „ich weiß schon, warum ich damals zur spurensicherung gewechselt bin.“

„elvira grigoleit sagt, ihr mann hat in letzter zeit ziemlichen stress mit unserem bürgermeister gehabt.“

„mein reden,“ antwortete der spurensucher wenig begeistert, „die suppe kocht in ganz großen töpfen.“

„sie sagt ihr mann und zumdick sind bis vor kurzem ziemlich dicke freunde gewesen.“

„freunde? das ich nicht lache. paul grigoleit hatte keine freunde, höchstens geschäftspartner und die immer nur kurzfristig. paul war schon als junge ein ziemlicher einzelgänger und das hat sich nie geändert.“

„du kennst grigoleit?“

„wir sind ein jahrgang und waren zusammen in der grundschule. keiner wurd´ so richtig warm mit ihm, auch die lehrer nicht. aus dem jungen ließ sich nichts herausbekommen, selbst mit prügel nicht. dabei, paul war alles andere als ein dummkopf, im gegenteil. als einziger aus der ganzen meute durfte er auf die erweiterte oberschule; es hieß, natürlich nur, weil sein vater irgendwas hohes in der partei war.“

„na ja, geschadet hat das bestimmt nicht,“ gab kieselbach zurück. „mein bruder war der beste in seinem jahrgang und durfte nicht auf die eos, weil vater sich strikt weigerte, in die partei einzutreten. und später wurde mein bruder dann bester lehrling im ganzen braunkohlerevier; und die freistellung zum studium hat sein brigadeleiter vor seiner nase zerissen, weil mein bruder auch nicht in die partei wollte. ohne parteibuch waren viele dinge wesentlich schwieriger, auch in schule und ausbildung.“

„hast ja recht,“ gab steiner zu, „aber grigoleit konnte wirklich was, der hat uns damals schon alle im sack verkauft, nur haben wir es da noch nicht begriffen.“

„kollektiver tiefschlaf," knurrte lukas kieselbach. „damals wie heute. und wir dürfen jetzt den ganzen dreck zusammenkehren und sortieren."

„das ist dein job, junge, im dreck wühlen," philosophierte der alt-kriminalist. „und wenn du ganz tief unten was findest, dann ist es in der regel kein gold."

dienstgespräche

das rote rathaus, der einzige moderne bau im historischen stadtkern von lübbenau, lag wenig mehr als hundert schritte entfernt vom nüchternen haupteingang der wasserschutzpolizei, am entgegengesetzten, vorderen ende von sankt nikolai, dem barocken wahrzeichen der stadt.

lukas kieselbach traf den bürgermeister bereits im weitläufigen foyer des amtsgebäudes. auf seinen wahlplakaten wirkte der parteilose politiker allerdings um einiges jünger und freundlicher als live an seinem arbeitsplatz.

„kommen sie mit durch," erklärte er energisch und wenig begeistert, nachdem der polizist angedeutet hatte, aus welchem grund er im rathaus erschienen war.

nebeneinander aber wortlos liefen sie die mit glänzendem marmor ausgelegte treppe hinauf in den ersten stock.

„moin," murmelte der oberste bürger der stadt als er seine sekretärin passierte, eine etwas füllige dame von der kieselbach wusste, das sie in der neustadt, nicht weit entfernt vom kristallbad wohnte.

„guten morgen," kam es eher förmlich als erfreut zurück; mit einem leichten stirnrunzeln verfolgte die vorzimmerdame den eiligen durchmarsch der beiden ankömmlinge.

„schließen sie die tür," knurrte der rathauschef, „aber richtig."

der kriminalist kam der aufforderung ohne hast nach. anschließend inspizierte er den raum, von dem aus die geschicke seiner heimatgemeinde gelenkt wurden. das zimmer war spärlich möbliert, ein nüchterner schreibtisch mit sessel, dahinter eine wand mit regal, in dem sich nur wenige bücher befanden. daneben, dem eingang gegenüber und in heller buche gehalten, befand sich ein ovaler konferenztisch mit acht designerstühlen, auf denen lange besprechungen mit sicherheit ungemütlich werden konnten. das beste an diesem raum war seine aussicht. von der zimmermitte aus, da wo kieselbach stand, hatte er einen ungehinderten blick über den frisch geplasterten marktplatz, auf dem sich das an leben tummelte, was der ort an leben hergab.

„nehmen sie platz," erklärte der bürgermeister, legte achtlos seine dünne aktenmappe auf den hochglanzlackierten schreibtisch, deutete mit einer kurzen handbewegung auf einen der zwei besucherstühle und begann mit hinter dem rücken gekreuzten armen in seinem reich auf und ab zu tigern, während der polizist bericht erstattet.

„eine verdammte schweinerei," fluchte der rathauschef am ende der ausführungen und setzte sich endlich in seinen sessel.

jörg zumdick war knapp einen meter achtzig groß, anfang vierzig und seine kurzen, schwarzen haare lagen nach der neuesten mode mit gel fixiert eng am schädel. nur vorne, mittig über der stirn, ragte ein büschel glänzend und mit einer zentralen spitze in richtung zimmerdecke. es gab jede menge fußballer und serienschauspieler, die so oder ähnlich durch´s leben liefen.

„morde sind immer eine unschöne sache,“ erklärte der kommissar lakonisch. „für alle beteiligten, selbst für den täter.“

„das heißt, der arme mann sitzt jetzt irgendwo und wird von seinen gewissensbissen quasi aufgefressen.“

„das werden wir wissen, wenn wir ihn haben,“ antwortete der kommissar.

„und um mir das zu erzählen, haben sie sich auf den weiten weg in mein büro gemacht?“ erkundigte sich der bürgermeister übelgelaunt und blickt sein gegenüber gründlich abschätzend an.

„na ja, war nicht ganz einfach, ohne navigationssystem,“ konterte der polizist. „außerdem hat sich inzwischen die ein oder andere frage ergeben, die sie vielleicht beantworten könnten.“

„ich?“ fragte zumdick humorlos. „was hab´ ich denn mit diesem schwachsinn zu tun?“

„keine ahnung,“ antwortete der kommissar offen, „aber irgendwo muß man ja den anfang machen.“

„wunderbar, ausgerechnet bei mir; als wenn ich sonst nichts zu tun hätte.“

„ich werde versuchen mich kurz zu fassen.“

„möchte ich ihnen auch geraten haben,“ antwortete der politiker und blickte demonstartiv auf seine armbanduhr. „in knapp einer viertelstunde beginnt die entscheidende besprechung mit einem interessierten investor. wenn wir den an land ziehen, wird das einiges an arbeitsplätzen und steuereinnahmen für unsere gemeinde bringen.“

„in der regel hängt es von meinen gesprächspartnern ab, ob sich die sache lange hinzieht oder nicht.“

„dann schießen sie endlich los, mann.“

„kein problem.“ der kommissar lächelte. in seinen ersten dienstjahren hatte er sich von menschen diesen kalibers regelmäßig einschüchtern lassen; inzwischen war sein fell dicker geworden, aber vergnügen bereiteten ihm derartige begegnungen immer noch nicht.

„in welcher beziehung standen sie zu herrn grigoleit?“

„was meinen sie mit ´beziehung´?“ kam es unwirsch zurück.

„na ja, waren ihre kontakte zu herrn grigoleit privater, geschäftlicher oder beruflicher natur?“

„was hat das mit dem mord zu tun?“

„schwer zu beurteilen, im moment.“

„na wunderbar, herr kommissar,“ spottete der politiker. „ich sage ihnen eins, - wenn sie glauben, das ich mit dieser sache auch nur im entferntesten zu tun habe, dann befinden sie sich gründlich auf dem holzweg.“

„niemand hat sie bisher mit diesem mord in verbindung gebracht,“ antwortete der kommissar trocken.

„na schön, lassen wir das. wie war noch mal ihre frage?“

„in welcher beziehung standen sie zum ermordeten? waren sie zum beispiel befreundet?“

„befreundet? der alte grigoleit und ich? hilf himmel! wer hat ihnen denn diesen blödsinn erzählt? grigoleit war geschäftsmann und spielte mit dem gedanken, hier in unserer gegend ideen, energie und geld zu investieren. da ergeben sich zwangsläufig kontakte zu behörden und zur politik .“

„und wie gut waren diese ´kontakte´?“

„so gut wie sie sein müssen, um einen unternehmer davon zu überzeugen, hier bei uns tätig zu werden und nicht irgendwo anders,“ gab der hausherr zurück.

„das heißt, herr grigoleit wollte gegebenenfalls auch anderswo sein geld anlegen?“

„was der verstorbene über unsere gemeinde hinaus vorhatte, entzieht sich leider meiner kenntnis.“

„es gab also keine privaten kontakte zwischen ihnen und paul grigoleit?“

„was heißt in der politik und im geschäftsleben schon privat? wir waren zusammen essen, wir haben zusammen einige kahnfahrten unternommen, irgendsowas in der art, und das war´s. die vergangenheit von herrn grigoleit dürfte ihnen doch bekannt sein, oder? major der stasi, mit allem, was dazugehört. das ist politisch das andere lager. und wenn es sie interessiert," der bürgermeister schlug einen etwas vertraulicheren ton an, „meinem onkel hat grigoleit drei jahre einzelhaft in bautzen verschafft, wegen angeblich ´republikfeindlicher äußerungen´; das vergisst sich nicht so leicht, trotz wende. grigoleit hat hier einigen leuten das leben zur hölle gemacht, zu ddr-zeiten. vielleicht forschen sie mal bei denen nach. ich könnte ihnen da einige namen nennen, falls die ihnen nicht geläufig sind."

„also ausschließlich kontakt von amtswegen," resümierte der polizist.

„wenn sie dann zufrieden sind, - ja."

„und um welche dinge ging es da?"

„das waren vertrauliche, geschäftliche angelegenheiten und ich glaube nicht, das ich ihnen darüber rechenschaft schuldig bin."

„bei verbrechen dieser art ist jeder, mit ausnahme von ärzten und geistlichen, seiner schweigepflicht entbunden."

„das ist das neueste, was ich höre. kann ich das schriftlich haben?"

„kein problem," antwortete der kommissar. „die gesetzestexte werden ihnen morgen mit der post zugestellt, inklusive einer offiziellen vorladung."

„was soll denn der blödsinn?"

„wir suchen einen mörder, der einen finanzstarken und einflussreichen bürger unserer gemeinde hinterrücks erschossen hat. das hat mit blödsinn nicht mehr viel zu tun, herr bürgermeister. noch einen erfolgreichen tag."

kieselbach setzte schwungvoll seine dienstmütze auf, tippte dann lässig an den schwarzen rand und verließ die amtsstube.

eine minute später hatte lukas kieselbach die doppelschleuse der wache passiert und traf zuerst auf schmitz, den neuen.

„und wie war´s beim bürgermeister? gemütlich?“ erkundigte sich der rheinländer mit einem breiten grinsen auf seinem gesicht.

„na ja, man ist eben nicht immer schlauer, wenn man aus dem rathaus kommt,“ antwortete sein chef.

der leichendoktor

regen setzte ein am ortsende von lübbenau, feiner, weißer herbstregen, der allen dingen die konturen nahm. schmitz hockte auf dem fahrersitz und das lenkrad des opel astra verschwand fast vollständig in seinen riesigen pranken. im schritttempo kämpfte er sich durch den immerwährenden stau in höhe des einkaufszentrums, das man nach der wende auf der grünen wiese gegenüber der neustadt aus dem boden gestampft hatte. egal zu welcher tageszeit man kam, hier stockte der verkehr immer.

„wir nehmen die autobahn,“ entschied lukas kieselbach vom beifahrersitz aus. „das sind zwar einige kilometer mehr, aber wir kommen aus diesem müll raus.“

nach zweihundert geschlichenen metern bogen sie links nach zerkwitz ab. die gewundene ortsdurchfahrt war so gut wie nicht befahren und schmitz trat auf´s gas. der silber und grün lackierte, noch ziemlich neue astra heulte kurz auf und versuchte mit seinen 1600 kubik zu beschleunigen.

„ich würde mich in dieser gegend etwas enger an die geschwindigkeitsbegrenzungen halten,“ warnte der kommissar. „brandenburg ist traditionell ein land von fallenstellern.“

„ich weiß,“ antwortete der koloß grinsend, „mehr hobby-filmer am straßenrand als einwohner; das land braucht geld.“ sie verließen zerkwitz und flogen zwischen abgeernteten gurkenfeldern auf klein-beuchow zu. erst am ortseingangsschild nahm schmitz den fuß vom gas.

„hier gibt´s keine starenkästen,“ erklärte er. „ ich kenn die strecke.“

„wie schön für sie,“ murmelte kieselbach und ließ das riesenbaby gewähren.

direkt hinter klein-beuchow bogen sie auf die A 13 ein, richtung berlin. schmitz beschleunigte erneut und brachte die 75-ps maschine ordentlich auf touren.

„achtung, baustelle,“ sagte der kommissar, als sein chauffeur mit mehr als hundert km/h die letzte warntafel mit dem hinweis ´60´ passierte.

„kein problem,“ erklärte schmitz und lächelte seinen dienststellenleiter an. ein kurzer, greller blitz schlug im wagen ein und das lächeln im gesicht des riesen bekam eine ziemlich dümmliche nuance.

„oh scheiße,“ fluchte er. „hier hat doch nie einer gestanden.“

„wie gesagt, das land braucht dringend geld, um seine treuen beamten und anderen unfug bezahlen zu können.“ ein kurzer blick auf den tacho zeigte kieselbach, das sie jetzt, trotz des heftigen bremsmanövers, immer noch schneller als 80 fuhren.

„hinterhältiges pack,“ fluchte der ertappte.

„ich hoffe, wir sind gut getroffen,“ erklärte sein dienststellenleiter ungerührt, „damit die kollegen auch mal was zu lachen haben. außerdem werden sie so viel schneller in ihrer neuen umgebung bekannt, der ′neue schumacher′ und so. aber ich bin sicher, sie werden sich noch an das hiesige tempo gewöhnen, als fußgänger sowieso.“

„ha, wie witzig,“ knurrte kevin schmitz und schaltete energisch zwei gänge zurück. kochend aber absolut vorschriftsmäßig setzte er dann den weg zur spreewaldklinik in lübben fort.

doktor zorn der pathologe und ewige aushilfsgerichtsmediziner blickte aus knapp einen meter fünfzig augenhöhe nicht ohne hochachtung auf den neuen beamten direkt vor ihm.

„donnerwetter, was die evolution nicht alles so zuwege bringt,“ erklärte er staunend und reichte dem riesen vorsichtig die hand. „wenn ich sie als kunden hätte, müsste ich ihnen zuerst beide beine absägen; in originalgröße bekäme ich sie gar nicht in unsere kühlschränke.“

„danke für den hinweis, aber noch brauch ich meine füße.“ abwehrend hob der riese seine massigen hände.

„in kürze vielleicht noch etwas intensiver als bisher, denn herr schmitz wird mit hoher wahrscheinlichkeit für einige zeit zur fuß- oder fahrradstreife wechseln.“

„um land und leute besser kennzulernen?“ erkundigte sich der mediziner optimistisch.

„eher aus führerscheintechnischen gründen,“ antwortete lukas kieselbach mit einem leichten grinsen.

„aha, verstehe, der junge mann hat also bereits bekanntschaft mit unseren verkehrsfotographen gemacht.“ doktor zorn lächelte den geblitzten beamten freundlich an und versuchte ihm tröstend auf die schulter zu klopfen, erreichte aber nur den ellenbogen. „diese herrschaften erwischen früher oder später jeden von uns, selbst meine frau und die fährt maximal im dritten gang."

„ein porsche im dritten gang schafft locker 150," antwortete der neue.

„wir fahren wartburg, junger mann, unseren guten alten wartburg, seit mehr als fünfundzwanzig jahren," gab der weißhaarige, kleine mediziner freundlich zurück. „aber ich denke, sie sind bestimmt nicht gekommen, um mir ihren nachwuchs zu präsentieren, herr kommissar, und über verkehrsprobleme zu diskutieren."

„leider nein," seufzte lukas kieselbach. „wenn wir uns treffen, wird's leider immer todernst."

„sozusagen." der pathologe nickte. „möchten sie einen blick auf die leiche werfen?"

die beiden beamten blickten sich an und schüttelten gleichzeitig die köpfe.

„wir hatten heute morgen bereits das vergnügen, auf nüchternen magen," erklärte der oberste wasserschutzpolizist.

„leichen vor dem mittagessen verderben den ganzen appetit." schmitz grinste verlegen und winkte ab.

„gut, dann gleich zur diagnose. kommen sie mit in mein arbeitszimmer."

sie betraten das neonlicht geflutete souterrain-büro des mediziners und der riese blickte mit großen augen auf die exponate, die, in formalin gelagert, überall in den regalen und vitrinen standen, abgetrennte finger, eine ganze hand, ein lungenflügel, praktisch der ganze mensch in einzelteilen.

„das reinste horror-kabinett," erklärte schmitz und konzentrierte seinen blick auf den besitzer dieser dinge, der inzwischen hinter seinem schreibtisch platz genommen hatte.

„man gewöhnt sich an vieles, junger mann."

„im leben nicht,“ antwortete der rheinländer und schüttelte sich.

doktor zorn lächelte und begann seine unterlagen zu sortieren. „also,“ erklärte er etwas gedehnt. „die diagnose im fall grigoleit ist natürlich noch unvollständig und inoffziell, aber einiges lässt sich jetzt schon mit großer sicherheit feststellen. die beiden schußkanäle durch den körper, zum beispiel, verlaufen leicht abwärts geneigt; entweder stand der täter etwas höher als sein opfer oder aber war sehr groß. außerdem wurden die schüsse aus ziemlicher entfernung abgefeuert, denn die geschosse haben den körper quasi mit letzter kraft verlassen, das zeigen die groben verletzungen an den austrittsstellen.

„das bedeutet, der täter ist ein ausgesprochen guter schütze.“

„ein kunstschütze, wenn sie mich fragen,“ antwortete der arzt. „sie müssen die tatzeit bedenken. grigoleit wurde nämlich mit hoher wahrscheinlichkeit ungefähr gegen mitternacht erschossen, plus-minus fünfzehn minuten. und um diese zeit war es im wald mit sicherheit stockfinster.“

„stockfinster und überall stehen bäume und gestrüpp herum. um zwei solche schüsse zu setzen, muß man profi sein, mit entsprechender ausrüstung,“ ergänzte der kommissar.

„klar, eine einwandfreie flinte und ein nachtsichtzielfernrohr plus wärmesensor oder laser,“ warf schmitz ein. „ich hab bei der bundeswehr mal mit solchen geräten üben dürfen. mein lieber schwan. da schießt man in einem unbeleuchteten tunnel jeder fledermaus die ohren weg. kein problem.“

„tja, was tötungsapparate anbelangt, war und ist der menschliche erfindungsdrang ungebrochen.“ warf der mediziner ein.

„voraussetzung ist natürlich, man kann schießen," fuhr schmitz fort. „wer einen zitterarm hat, trifft auch mit diesem equipment keinen möbelwagen."

„sonst noch irgendetwas besonderes?" warf sein vorgesetzter ein bevor der neue noch mehr überflüssige sachkenntnis demonstrieren konnte.

der arzt überlegt. „mh, auf jeden fall war grigoleit sofort tot und es gibt keine anzeichen von sonstiger gewaltanwendung. ach so," doktor zorn fasste sich an die stirn. „die obduktion hat noch eine massive erkrankung ergeben. die leber von herrn grigoleit war bereits erheblich angegriffen, ein karzinom; und soweit ich es ohne labor beurteilen kann, höchstwahrscheinlich bösartig."

„leberkrebs?"

„genau."

„wie sind da die überlebenschancen?"

„man kann bis zu achtzig prozent der gesamtleber entfernen, ohne daran zu sterben," antwortete der mediziner. „das eigentliche problem sind die metastasen. wenn die erkrankung zu spät entdeckt wird und sich in anderen organen krebsherde gebildet haben, dann ist, sozusagen, der ofen aus."

„und, hatte grigoleit bereits metastasen?"

„leider ja, in der bauchspeicheldrüse und in zwei lymphknoten. alles noch nicht sehr ausgeprägt, aber bereits irreparabel."

„ob grigoleit davon gewusst hat?"

„da bin ich überfragt, herr kommissar. ich würde mich an seinen hausarzt wenden, der müsste ihnen mehr sagen können. in diesem frühen stadium treten allerdings oft noch keine großen schmerzen und funktionsstörungen auf. der kandidat ist leider völlig ahnungslos."

„was meinen sie, wie lange hätte grigoleit mit dieser erkrankung maximal noch zu leben gehabt?"

„auf den tag genau kann man das nie sagen, das hängt von vielen faktoren ab, von der konstitution, dem lebenswandel und der aggressivität der zellen, aber ich würde tippen, noch ungefähr ein halbes bis ein ganzes jahr."

„nicht mehr besonders viel," sinierte der kriminalist.

„stimmt leider; und etliche zeit davon hätte er wahrscheinlich im dämmerzustand verbracht, in irgendeiner spezialklinik, wegen der medikamente. lebererkrankungen und besonders leberkrebs sind in aller regel sehr schmerzhaft."

„mit anderen worten, dieser mord war eventuell völlig überflüssig." kieselbach schüttelte den kopf. „maximal noch eine handvoll monate und die sache hätte sich von allein erledigt."

„alle morde sind überflüssig," antwortete der arzt. „vielleicht mit ausnahme von tyrannenmorden. aber darüber haben sich schon goethe und andere koryphäen den kopf zerbrochen."

„na, das nenn ich zufall, kommissar kieselbach höchstpersönlich," verkündete eine laute, unangenehme stimme, gerade als die beiden uniformierten die mitte des krankenhausfoyers erreicht hatten.

„was ist das denn?" fragte schmitz und blickte verwundert auf eine untersetzte, kugelrunde erscheinung mit massiver hornbrille, die in der tür zur herrentoilette stand und heftig mit dem reisverschluß ihrer formlosen hose beschäftigt war.

„das da? attila honecker vom ´blitz-kurier´," murmelte der chef der wasserschutzpolizei. „nennt sich journalist, ist im grunde aber nur ein sensationen-suchgerät."

„von amtswegen einen blick auf leiche geworfen, was ?" blöckte der dicke und tastet dabei immer noch suchend unter seinem gewaltigen schmierbauch herum.

„ne, wir haben rotkäppchen besucht, liegt auf zimmer 17.“

„und weshalb?“

„korbbruch,“ antwortete kieselbach.

„du solltest zur zeitung gehen, mit deiner phantasie,“ entgegnete der reporter. „aber jetzt mal im ernst. habt ihr schon was greifbares über grigoleit?“

kieselbach zuckte mit den schultern und wandte sich dem ausgang zu.

„nun sei nicht sofort wieder eingeschnappt, kieselbach,“ erklärte der unförmige redakteur und watschelte den beiden beamten hinterher. „im gegenzug könnte ich euch vielleicht auch ein paar interessante dinge stecken.“

der oberste wasserschützer blieb abrupt stehen und honecker lief von hinten auf ihn auf.

„hey mann, sind wir hier auf dem fußballplatz?“ fluchte der journalist und machte einen schritt rückwärts. „ich meine, wenn ihr nett seid, könntet ihr nämlich ein paar feine details über einen eurer wichtigsten mitbürger bekommen.“ aufmunternd schaute er die uniformierten an. „na, wie wär´s?“

kieselbach drehte sich um und blickte dem schlagzeilen-reporter von oben herab tief in die augen, soweit man sie hinter den glasbausteinen der hornbrille erkennen konnte. „falls sie die frechheit besitzen, herr honecker, uns beweismittel oder sachdienliche hinweise vorzuenthalten, die zur ergreifung des täters oder der täter führen könnten, dann dürfen sie mit erheblichen schwierigkeiten rechnen.“

„immer noch sauer wegen dieser blöden sache mit dem toten libero? das ist doch schnee von vorgestern.“ der journalist lächelte sein bestes lächeln und winkte ab.

„vorgestern und knapp fünf monate, um genau zu sein,“ konterte der kommissar, der sich nur ungern an den ärger erinnerte, den attila honecker damals mit seinen famosen artikeln im ´blitz-kurier´ verursacht hatte.

„schwamm drüber," erklärte der pressemann generös, „irgendwann muß die sache doch vergessen sein."

„klar, täter vergessen gerne und schnell," antwortete der kommissar, „als opfer hat man da so seine probleme."

„für philosophie bin ich nicht zuständig," gab der reporter zurück. „ich wollte nur sagen, das ziemlich viel gemunkelt wird über grigoleits geschäfte und seine geldquellen."

„und was wird gemunkelt? kommen sie mir jetzt bloß nicht mit der mafia."

„warum sollte man die mafia auschließen? schließlich muß die zusehen, das sie ihre drogenmillionen sauber bekommt."

„stimmt auffallend," gab der kommissar zu. „und ausgerechnet im schönen spreewald eröffnet die mafia eine schnellwäscherei, leitung: paul grigoleit. soweit ich informiert bin, war der ermordete agent des vatikan."

attila honecker ging auf den sarkasmus des polizisten nicht ein sondern schüttelte ernsthaft den kopf. „vatikan ist falsch, scientology ist richtig. diese herrschaften pumpen geld in diese gegend ohne ende."

„scientology? wunderbar. und an welcher theke haben sie das gehört?"

„von wegen theke, alles informationen aus erster hand."

„na toll, dann machen sie uns doch mal mit ihrer ersten hand bekannt."

honecker grinste verlegen. „manche leute haben kein großes vertrauen zur polizei."

„verständlich, wenn man außer schwachsinnigen behauptungen und dämlichen überschriften nichts vernünftiges zu bieten hat," schnarrte der polizist. „ich sehe morgen schon die titelzeile: ´scientology-sekte erledigt spreewald-hotelier´.

„na und? das hat doch was, oder?“ konterte der dicke.

„klar, das hat was. allerdings würde ich mir überlegen, welche meldungen ich in die welt posaune. die mafia und gewisse andere organisationen sollen ausgesprochen ungehalten reagieren, wenn man sie in die schlagzeilen bringt.“ der kommissar grinste. „allerdings, die aussicht in ihrem fall ermitteln zu dürfen, hat auch was für sich. einen schönen tag noch.“

innendienst

um die ehrwürdige nikolai kirche herum schlichen zwei hunde, tropfnasse promenadenmischungen, die ihr terrain von den feriengästen zurückerobert hatten. die herbstferien, der letzte touristische lichtblick vor weihnachten waren in allen bundesländern vorbei und lübbenau, so wie alle anderen spreewaldmetropolen, die hauptsächlich vom fremdenverkehr lebten, gehörte wieder exklusiv den eingeborenen. viele kneipiers und vermieter nutzen diese zeit, um selbst urlaub zu machen, auf den malediven, in der dominikanischen republik, im bayrischen wald oder zuhause, je nach interessenlage und saisonverlauf.

enderlein und schmitz hockten im büro ihres dienststellenleiters und starrten in den tristen herbstregen, der sich wahrscheinlich in der gesamten lausitz für diesen tag festgesetzt hatte. steiner und seine männer draußen in leipe würden schön fluchen; bei temperaturen von knapp über null und dauerberieselung von oben durch eine glitschige flußlandschaft stöbern, war mit sicherheit kein vergnügen.

„die pressekonferenz ist für 16 uhr angesetzt," begann enderlein und ließ zwei stückchen zucker in seine dampfende teetasse fallen. „keine extrabehandlungen für einzelne reporter, für alle das gleiche, strikt nach anweisung von oben."

in der tat, nach einigen reinfällen mit leuten von der presse hatten präsidium und staatsanwaltschaft die reißleine gezogen. individuelle auskünfte von beamten an einzelne medienvertreter waren offiziell untersagt worden; stattdessen bot man in fällen von allgemeinem interesse, das war die freundliche umschreibung für straftaten mit leichen, ab sofort pressekonferenzen, die von hohen tieren aus cottbus durchgeführt werden sollten.

„und wo?" erkundigte sich der überraschte dienststellenleiter.

„im aufenthaltsraum," antwortete sein vertreter.

„in der rumpelkammer?"

kollege enderlein nickte.

„könnte aber verdammt eng werden in der alten kemenate," erklärte kieselbach. „und außerdem, da ist doch kaum noch farbe an den wänden."

„alles schon in die wege geleitet," antwortete der noch-stellvertreter. „minkner, gebhardt und scholz streichen gerade."

„wie bitte?" kieselbach machte große augen.

„was glaubst du, wie es hinter den spinden und den beiden regalen ausgesehen hat? die hat seit der wende keiner mehr von der stelle bewegt."

„und woher stammt die farbe?"

„von minkner," antwortete der zukünftige kripochef. „der hatte noch was über von der letzten renovierung."

„von minkner? was hat der denn renoviert?"

„seine toiletten und den keller."

„und welche farbe?“

„altweiß mit einem schuß ocker.“

„oh gott.“ kieselbach schlug die hände über dem kopf zusammen.

„immer noch besser als gar nichts,“ verteidigte sich enderlein. „wir hätten natürlich auch einen offiziellen renovierungsantrag stellen können. die bewilligung für die beiden fußmatten im besucherraum ist allerdings noch immer in bearbeitung, seit 96, wenn ich mich nicht irre.“

„alles in ordnung,“ der dienststellenleiter winkte ab. materialbeschaffung war sein absolutes steckenpferd. zu ddr-zeiten wusste man, das es nichts gab und hatte sich von anfang an darauf eingestellt; jetzt hieß es vollmundig, alles ist da, aber meist kam nur das allernötigste; und darauf konnte man sich nur bedingt einrichten. „ich hoffe nur, die farbe ist bis 16 uhr getrocknet.“

„keine chance bei dem wetter,“ gestand enderlein, „aber wir haben vier heißlüfter besorgt, die werden´s schon richten.“

„hoffentlich,“ murmelte der kommissar, „sonst kann´s eine bunte veranstaltung werden.“

„laß die jungs mal machen,“ beschwichtigte der nochwasserschutz mann. „die verstehen ihr handwerk.“

„gibt es eine ausweichmöglichkeit, ich meine, für den fall des falles?“

enderlein schüttelte den kopf.

„na schön, dann lasst uns beten, das die maler-brigade rechtzeitig fertig wird.“

„kein problem, lukas.“

„und wer wird die veranstaltung leiten?“

„görlich, vom präsidium.“

„na gut, der mann ist verträglich. seht zu, das er mit allem gefüttert wird, was wir haben.“

„was haben wir denn?“ mischte sich schmitz ein.

„na, einiges," begann sein vorgesetzter. „erstens eine ausgewachsene, interessante leiche, die inoffizielle erklärung des pathologen und, mit etwas glück, vielleicht bis 16 uhr eine stellungnahme der spurensuche."

„und wenn nicht?" fragte der rheinländer.

„dann wird sich herr görlich etwas aus den fingern saugen müssen, das ist schließlich sein job."

„außerdem wissen wir ja genau, wonach wir suchen müssen," erklärte das riesenbaby mit einem breiten grinsen in seinem gesicht.

„und wonach genau müssen wir suchen?" erkundigte sich sein chef.

„na, ganz einfach, nach einem echten kunstschützen mit erstklassiger ausrüstung; das kann doch in dieser entvölkerten gegend nicht so schwer sein."

„genau, das engt den täterkreis ganz erheblich ein," merkte enderlein an.

„stimmt, wer hat schon ein präzisionsgewehr mit zielfernrohr und wärmesensor und dergleichen zu hause herumstehen?" fügte kieselbach hinzu, „und kann auch noch damit umgehen?"

„damit hätten wir schon mal das täterprofil," dozierte der neue, dem die ironie in den aussagen seiner kollegen völlig entgangen war. „wir sollten jetzt einfach mal überprüfen, wer hier in der gegend einen waffenschein für derartige mordinstrumente besitzt. das ist doch eine unserer leichtesten übungen, oder?"

„absolut," sagte enderlein.

„ganz einfach," ergänzte kieselbach.

mißtrauisch geworden, blickte kevin schmitz seine beiden vorgesetzten an. „ehrlich, oder wollen sie mich jetzt verschaukeln?"

„nicht im geringsten," erklärte der dienstellenleiter. „zum beispiel verfügt mein vater über zwei solcher ballermänner inklusive nachtzielfernrohr."

„mein vater hat nur eine flinte, mein onkel dafür mindestens vier und jeder seiner beiden söhne auch," fügte enderlein hinzu.

„und unser verehrter herr bürgermeister ist ebenfalls passionierter jäger, selbst mein metzger und mein bäcker gehen regelmäßig auf pirsch und trifft," fuhr kieselbach fort. „und bogner, der fahrradladen, führt nebenher kleinere und größere reparaturen an allen gängigen waffentypen durch, von magnum bis makarov."

„und die größte sammlung an funktionierenden schußwaffen dürfte hellmann besitzen," ergänzte bert enderlein. „das ist unser grundschuldirektor. der erscheint seit jahren mindestens ein mal pro monat und meldet irgendeine neue errungenschaft an. wir haben im archiv seinetwegen schon einen extra ordner angelegt. der knabe müsste kampftechnisch inzwischen so ausgerüstet sein wie ein mittlerer panzerkreuzer."

„donnerwetter," staunte schmitz. „ ich dachte, solche verhältnisse gäb´s nur in den usa."

„das lassen uns die damen und herren politiker auch gerne glauben, weil sie dann der waffenindustrie nicht auf die füße treten müssen. in wirklichkeit verfügt, statistisch gesehen, fast jeder haushalt bei uns über eine registrierte schußwaffe, von den unregistrierten ganz zu schweigen," knurrte der zukünftige kripo-mann. „aber der mündige bürger weiß selbstverständlich, wie er mit waffen umzugehen, heißt es offiziell."

„siehe erfurt oder andere schulen," merkte sein kieselbach trocken an.

„das heißt im klartext, diese spur können wir knicken, oder?" erkundigte sich schmitz ernüchtert.

„wenn sie damit sagen wollen, das wir die suche nach der waffe vorerst zurückstellen sollten, dann haben sie den nagel auf den kopf getroffen," antwortete sein vorgesetzter. „wenn wir in dieser richtung ermitteln, dann sind hier im landkreis fast alle erwachsenen verdächtig und tiefer im wald schon die halbwüchsigen."

„und wie soll´s dann weitergehen?"

„gute frage." lukas kieselbach klatsche tatendurstig in die hände und und blickte den neuen freundlich an. „ich würde vorschlagen, das sie, herr schmitz, zuerst einmal ein ausführliches protokoll über alles bisher vorgefallene und ermittelte anfertigen, schön chronologisch und sauber aufgebaut, mit überschriften und kapitel, beginnend mit dem anruf unseres zeitungsausträgers."

„ich?" fragte der riese entsetzt.

„wer sonst?" fragte sein chef. „schließlich sie sind uns als schriftsteller angekündigt worden. sie sollen beim letzten lehrgang den besten aufsatz in staatsrecht verfasst haben und das war ausschlaggebend für ihre verpflichtung."

„heiß´ ich hemingway?" maulte der rheinländer.

„im spreewald halten wir uns mehr an marx und tolstoi, die haben wesentlich ausführlicher geschrieben als dieser hemingway," gab kieselbach betont ernst zurück.

„junge, junge," erklärte kevin schmitz und erhob sich von seinem normstuhl aus dunkelgrauem plastik. „und ich hab gedacht, hier drüben ging´s noch was lockerer zu als bei uns im westen."

„es wächst zusammen, was zusammengehört," dozierte bert enderlein, „die bürgernähe der ddr-behörden und die natürliche freundlichkeit des westens."

lukas kieselbach blickte angestrengt aus einem seiner drei bürofenster hinaus in den bindfadenregen, damit der neue nicht sah, das er vor lachen beinahe platze. erst als sich die tür mit einem energischen schlag geschlossen hatte, drehte er sich wieder um.

„wir sollte unseren kleinen etwas besser behandeln, schließlich gibt er sich doch wirklich mühe," erklärte der kommissar.

„behandeln wir ihn etwa schlecht?“ fragte sein freund und kollege. „denk mal dran, wie wir früher rangenommen worden sind. in den ersten beiden jahren bin ich hinter der schreibmaschine nicht weggekommen, höchstens zum kaffeekochen.“

das telefon unterbrach die ausführungen des stellvertreters.

„metzger,“ plärrte eine unangenehme stimme vom anderen ende. „wie ich höre, haben sie schon wieder eine leiche in ihrem kaff; erst diesen fußballer und jetzt irgendeinen stasi-knabe, oder?“

„der knabe war stasi-major,“ antwortete kieselbach.

„von mir aus kann der auch konter-admiral gewesen sein,“ schnarrte der staatsanwalt. „was mich interessiert, ist einzig und allein, das ich hier auf dem laufenden gehalten werden und zwar ständig und als erster, klar?“

„war das schon mal anders?“ erkundigte sich der polizist.

„sparen sie sich ihre spitzen, kieselbach, und erklären sie mir lieber, was passiert ist und wie sie die sache angehen.“

„wir sind gerade dabei, einen ausführlichen bericht in dieser angelegenheit zu verfassen, mit allen details und untersuchungsergebnissen. der wird ihnen sofort nach fertigstellung per fax zugehen. außerdem ist für 16 uhr eine pressekonferenz angesetzt.“

„und wer kommt?“

„hauptkommissar görlich vom präsidium.“

„das man sie kaltgestellt hat, weiß ich, kieselbach, dafür habe ich ja schließlich selbst gesorgt,“ kam es laut und deutlich aus cottbus zurück. „ich meinte, welche pressevertreter werden erscheinen?“

„ich denke, das volle programm. der rbb, antenne brandenburg, die lausitzer rundschau, der blitz-kurier und so weiter.“

„dann seht zu, das ihr einen ordentlichen eindruck macht und nicht wieder rumsteht wie die deppen vom lande.“

„die deppen machen bisher ganz erfolgreiche arbeit,“ hielt kieselbach dagegen.

„wenn sie damit auf ihren nicht-ermordeten superfußballer anspielen, dann herzlichen glückwunsch. den fall hätte auch ein nachtwächter gelöst.“

„und wäre anschließend sofort staatsanwalt geworden.“

„sie halten sich wohl für ausgesprochen witzig, was?“ kam es missgestimmt aus cottbus zurück. dann machte es ´klick´ und die leitung war tot.

beinahe behutsam legte lukas den höher zurück auf den apparat. der tod des liberos von energie cottbus war sein erster ´mordfall´ gewesen und er hatte die ganze schweinerei schnell und gründlich aufgeklärt. daran konnte auch ein übelgelaunter paragraphenreiter nichts ändern.

der hausarzt

telefonisch hatte sich kieselbach bei elvira grigoleit nach dem hausarzt ihres mannes erkundigt. die antwort war keine überraschung - doktor melchers - denn in seine praxis, direkt gegenüber dem rathaus, pilgerten fast alle alteingesessenen der gegend. der kauzige mediziner war einer von ihnen, fast ein fosil, und schon zu ddr-zeiten ein unikum, das selbst heute noch abgezählt tabletten verschrieb und nicht gleiche ganze packungen. die beiden apotheken in seiner nähe waren mit dieser marotte vertraut, auch die neue, die erst nach der wende aufgemacht hatte.

da kollege schmitz mit romaneschreiben beschäftigt war und enderlein die pressekonferenz vorbereitete, machte sich lukas kieselbach selbst auf den kurzen weg über die kopfsteingepflasterte straße, um den doktor zu befragen.

„wir brauchen noch ihre chip-karte," erklärte die füllig, längst grauhaarige dame unwirsch, als der kommissar an der alten rezeption erschien, hinter der die sprechstundenhilfe schon seit mehr als dreißig jahren residierte; sie war gewissenhaft, doch freundlichkeit gehörte nicht zu ihrer starken seite.

„werde ich ihnen umgehend nachliefern," antwortet der kommissar. „heute bin ich allerdings dienstlich hier."

„wie dienstlich?" erstaunt blickte ihn die dame in weiß an.

„na ja, als polizist; und ich würde sehr gern den doktor sprechen, und zwar sofort."

„wie sie sehen, ist das wartezimmer noch gut gefüllt," kam es ungerührt zurück.

„stimmt, aber wir suchen einen gemeingefährlichen mörder. behinderungen dieser arbeit sind straftatbestände," erklärte kieselbach amtlich. er verspürte kein verlangen mit der unkooperativen angestellten seine zeit zu verplempern. es reichte, wenn er sich als patient ständig in geduld üben musste, obwohl man ihn zu einer fixen uhrzeit bestellt hatte.

„ich werde mit herrn doktor reden," erklärte die dame einen hauch freundlicher, aber ohne sich von ihrem stuhl zu erheben.

„es wäre schön, wenn sie sofort mit ihm reden würden, die sache eilt."

mit einem leicht beleidigten gesichtsausdruck erhob sich die dame schwerfällig von ihrem bürostuhl und verschwand wortlos im langgestreckten korridor des altbaus. lukas kieselbach kannte die praxis von kleinauf; und seit seinem allerersten besuch hatte sich hier nichts mehr verändert, sah man einmal von den neuen tapeten und einigen eimern frischer farbe ab. der mattglänzende, dunkelbraune linoleumfußboden stammte wahrscheinlich sogar noch aus der kaiserzeit.

kaum dreißig sekunden später kam die schwergewichtige dame retour. „der herr doktor lässt bitten, zweite tür rechts," erklärte sie tonlos.

„herzlichen dank," antwortete kieselbach und passierte den vorzimmer-wehrwolf mit einem charmanten lächeln.

der alte herr hockte wie eh und je hinter seinem riesigen schreibtisch aus dunkelrotem kirschholz, auf dem stapel von ungeordenten papieren, zeitschriften und medizinischen präparaten lagen. wenn sich kieselbach nicht täuschte, dann hatte doktor melchers schon immer so ausgesehen wie heute, groß, stämmig, mit einer schlohweißen mähne und einer dicken brille auf seiner nase.

„na junge, wo tut´s denn weh?" begann der arzt und deutete auf den einzigen freien stuhl im zimmer; die anderen drei waren mit ungeöffneten briefen, päckchen und büchern hoffnungslos vollgepackt. „wie geht´s dem vater? mutter ist wahrscheinlich immer noch fit wie ein turnschuh, oder? du warst schon immer leicht kränklich, schon als baby. aber vielleicht gibt sich das noch, du bist ja noch jung."

„ich bin inzwischen sechsunddreißig," wandte lukas kieselbach ein.

„sag ich doch, noch fast grün hinter den ohren, aber das gibt sich.".

„wahrscheinlich," antwortete der polizist, „aber heute geht es nicht um mich, sondern um paul grigoleit."

„ach ja," der alt-mediziner nickte. „jeder, der heute reinkommt, erzählt erst mal von paul und seinem abgang. aber wundert mich gar nicht, dieser mord, war doch mord, oder?"

„vermutlich."

„selber schuld, hat sich ja lange genug benommen wie die berühmte axt im walde. glaub mir, ich hab ihn oft genug gewarnt, aber der alte sturkopf wollte ja nicht hören. ´du behandelst deine leute auf deine art und ich auf meine´, war sein reden. - ´ich mach die leute gesund, die meisten jedenfalls´, hab ich ihm immer geantwortet, ´du machst sie krank´." der doktor winkte mit beiden händen ab. „für ihn war das ein prima witz; aber jetzt hat er die quittung."

„wie lange war grigoleit bei ihnen in behandlung?"

„kann ich dir ganz genau sagen, seit 37 jahren und 11 monaten. er war nämlich mein allererster patient."

„da lernt man sich doch einigermaßen kennen, oder?"

„einigermaßen? oh junge, ich weiß über all seine schweinereien bescheid."

„durch ihn selbst?"

„natürlich durch ihn selbst; und den rest erzählen dir die anderen, ob du nun willst oder nicht. grigoleit hat viele krank gemacht."

„gibt es irgendwas, das für uns interessant wäre?"

„für die polizei?"

„genau."

„hoho." der mediziner lachte kurz aber heftig auf. „wenn ich alles zu protkoll gäbe, was mir tagtäglich zugetragen wird, dann säße morgen der halbe ort hinter schloß und riegel. ne, mein junge, euren kram müsst ihr euch schon selbst besorgen. ich kann dir nur verraten, wer sich ganz besonders darüber freut, das der alte knabe endlich den abgang gemacht hat."

„und das wäre?"

„na, zum beispiel der alte bruns."

„onkel edgar?"

„genau der. stand gleich heute morgen auf der matte und hat mir die ohren vollgesülzt; dabei fehlt ihm nichts, nur der blutdruck war eins zu tausend, weil, die sache mit paul hat ihn so richtig gefreut, denn der böse paul hatte onkel edgar so richtig abgeledert. erst honig um den bart geschmiert und dann eiskalt über den tisch gezogen."

natürlich, lukas kieselbach hatte die geschichte im detail mitbekommen, obwohl onkel edgar gar nicht sein richtiger onkel war, sondern der schwager seiner mutter; aber irgendwie lief er bei allen kieselbachs unter ´onkel edgar´. grigoleit hatte ihm vier jahre nach der wende zwei schmale landstreifen am rechten und linken grundstückrand abgekauft, für viel geld damals und onkel edgar hatte sich diebisch über den unerwarteten geldsegen und die dummheit grigoleits gefreut. weitere vier jahre später hatte grigoleit, der vermeindliche dummkopf, in u-form einen kleinen aber feinen hotelkomplex um das jetzt eingekesselte brunsche häuschen gebaut. proteste bei der stadt, insbesondere wegen der fehlenden baugenehmigung, hatten nichts genützt. und jetzt tobte um edgar bruns herum fast ganzjährig touristisches leben in jeder form und mit all seinen begleiterscheinungen, lärm, gestank und hektik.

„ich will damit nicht andeuten, das edgar der mörder ist, auf keinen fall, aber dein onkel hat eine stinkwut auf die ganze sippe und vielleicht kommt er gerade jetzt auf dumme gedanken. wenn erst mal einer vormacht, wie´s geht, dann werden auch weniger mutige mutig."

„verstehe,“ antwortete der kommissar. „eine letzte frage noch. wie war es um grigoleit gesundheitlich bestellt?“

„normal, würd ich sagen, für sein alter; trank und aß etwas viel und bewegte sich zu wenig. das bischen durch den wald stapfen und rumballern regt den kreislauf nicht sonderlich an. und aufgeregt hat er sich natürlich viel zu viel. typischer choleriker und mit seinem lebenswandel früher oder später eine echter herzinfarktkandidat.“

„sonst irgendwelche chronischen erkrankungen?“

„nicht das ich wüsste; hat von mir auch nie eine überweisung zu einem facharzt gewollt.“

„bei der obduktion wurde festgestellt, das grigoleit einen tumor an der leber hatte, bösartig wahrscheinlich. der patologe hätte ihm im höchstfall noch zwölf monate gegeben.“

„donnerwetter.“ der alt-mediziner machte ein überraschtes gesicht. „und wer hat die diagnose gestellt? theo zorn, die alte karbolmaus?“

kieselbach nickte.

„na, wenn der´s sagt, wird´s wohl stimmen.“

„sie wussten aber nichts von dieser erkrankung?“

„keinen schimmer, mein sohn.“ der arzt raufte sich die weiße mähne. „da siehst du, wie wichtig vernünftige vorbeugung ist. als einfacher hausarzt kann man eben nicht in einen menschen hineingucken. merk dir das junge.“

„auf jeden fall,“ antwortete kieselbach und erhob sich.

„das heißt also mit anderen worten, der täter hat sich eigentlich ganz umsonst die hände schmutzig gemacht,“ murmelte der arzt.

„könnte man so sagen; es sei denn, er hatte es besonders eilig.“

onkel edgar

schmitz schrieb noch, das heißt, er hackte wie ein wilder auf seinem keyboard herum und fluchte leise vor sich hin, enderlein hing am telefon und diskutierte mit irgendwelchen zeitungsredakteuren und minkner war in der mittagspause; zuhause natürlich, denn wenn er die wache verließ und drei mal hinschlug, lag er in seiner küche.

gebhardt und scholz knieten in blaumänner gekleidet und einigermaßen bekleckert am boden des sozialraumes und strichen die letzten ecken.

„nicht schlecht, männer," lobte ihr chef. in der tat war die ansonsten wenig ansehnliche kammer kaum wiederzuerkennen; das oker-weiß an den wänden machte sich weniger schlimm als befürchtet.

„wie, nicht schlecht? das ist einsame spitze," protestierte scholz. „ich hab schließlich maler gelernt."

„und weil sie dich da nicht mehr brauchen konnten, bist du polizist geworden, oder was?"

ein feuchter schwamm zischte knapp an kieselbachs kopf vorbei den flur hinunter und eine unfreundliche stimme rief: „der nächste wurf trifft, wetten?"

der kommissar sah keinen grund es auf diese probe ankommen zu lassen, meldete sich am tresen ab und lief zu fuß richtung hafen, dahin, wo die polizeiboote lagen. mit einem dienstwagen wäre er nur unwesentlich schneller gewesen. er passierte drei geschlossene kneipen und nur das geöffnete und hell erleuchtete sportgeschäft auf der ehm-welk straße erinnerte daran, das man sich in einem lebenden ort befand. kieselbach bog in die dammstraße ein und erreichte nach wenigen metern den großen spreewaldhafen mit seinem überdimensionierten rudelhaus, das wie ein gestrandeter wal am ufer der hauptspree lag, ein betonklotz mit geschäften und bowlingbahn, den offiziell niemand in dieser form gewollt hatte, der aber jetzt für jahrzehnte das hafenbild beherrschen würde.

nicht weit entfernt von diesem architektonischen zankapfel befanden sich die polizeiboote, in einem kleinen, riedgedeckten schuppen, der unauffällig zwischen flachen häusern und kahlen, halbhohen bäumen stand.

ohne besondere eile bestieg der kommissar das kleinere boot und tuckerte zum zweiten mal in richtung leipe. während der saison drängten sich auf dieser strecke kähne und paddelboote; erst wenn man die abzweige nach lehde, dem spreewald-venedig, hinter sich gelassen hatte, riß der urlauberstrom ab, denn für den weg hinaus nach leipe, benötigte ein normaler paddler eine gute stunde und mehr. für einen flachbäuchigen, vollbesetzten spreewaldkahn konnte man fast die doppelte zeit veranschlagen.

alles, was kieselbach auf der gesamten strecke begegnete, waren einige dutzend stockenten und zwei halbwüchsige rehe, die ihn vom ufer aus mit großen augen und absprungbereit beobachteten. der kommissar liebte diesen abschnitt der spree; ausladend und beinahe majestätisch kam der fluß daher, eingerahmt von dichtem urwald, dessen bäume im sommer mächtige schatten warfen, in denen es sich wunderbar paddeln ließ. jetzt ragten die eichen, linden, buchen und birken mit ihrem geäst nackt und kahl in den bleischweren herbsthimmel und hofften auf das nächste frühjahr.

onkel edgars haus lag direkt am wasser, eine winzige, schwindsüchtige kate mit einem schmalen haushafen und einem steg, der nur aus einer einzigen, glitschigen planke bestand, die auf zwei morschen eichenpfeilern ruhte. wenn man von der straße aus den hof erreichen wollte, dann musste man in voller länge eine von grigoleits hotelburgen passieren, mehr als hundert meter tief, zwei stockwerke hoch, mit weißen fassaden, plastikfenstern und roten ziegeldächern. eine herberge wie diese konnte überall stehen, als motel an einer autobahn oder als touristenlager im westerwald. mit spreewald hatte das ganze herzlich genau so viel zu tun wie der petersdom.

soweit lukas kieselbach wusste, war onkel edgar in dem haus, in der er jetzt lebte, auch zur welt gekommen. seine mutter war im jahre 1961 verstorben, kurz nach dem mauerbau, und seinen vater hatte das schicksal acht monate später ereilt, begraben durch einen unerwarteten erdrutsch bei der anlage eines neuen abraumgebietes für die braunkohle. seine überreste hatte jahre später erst einer der riesenbagger zu tage gefördert; eine ziemlich makabere sache, denn die leiche war, vor ihrer endgültigen entdeckung, kilometerweit über förderbänder gelaufen.

onkel edgar, auch ein kohlemann und seit der wende im ruhestand, hockte in seinem ohrensessel am einzigen fenster der engen, niedrigen wohnstube und blickte hinaus auf's fließ, das nur durch einen schmalen, ausgetretenen landsaum vom haus getrennt war.

„kann mir schon denken, warum du dich hier mal wieder blicken lässt," begann der alte mann wenig freundlich. „willst bestimmt wissen, ob ich grigoleit umgelegt habe, oder?"

„na ja, schließlich warst du drei mal schützenkönig," erklärte der kommissar und versuchte seiner stimme den offiziellen ton zu nehmen.

„das ist leider schon ein paar jährchen her, junge."

„schießen verlernt man nicht."

„stimmt, nur die hände werden unruhiger."

„aber du hast aber immer noch deine alte flinte?"

„und zwei neue; ihr könnt die dinger jederzeit überprüfen. die alte steht seit jahren unbenutzt im schrank. mit einer der neuen hab´ ich das letzte mal vor vierzehn tagen geschossen. von dem wildschwein hat dein vater die hälfte bekommen."

„stimmt." vor knapp zwei wochen war plötzlich frischer wildschweinbraten auf der spiesekarte im ´bunten hecht´ aufgetaucht, der den eltern des kommissars gehörte. dummerweise kamen kaum noch urlauber hinaus zum meisterfließ.

„obwohl, wenn grigoleit wirklich an der hauptspree umgenietet wurde, dann bin ich ja wohl einer der hauptverdächtigen. ich hätte ihn ja quasi hier vom sessel aus wegpusten können."

ein blick aus dem kleinen, trüben fenster zeigte dem kommissar, das sein onkel beinahe recht hatte. von hier aus konnte man einen guten teil des flusses überblicken, inklusive der stelle, an der vollmann auf die leiche gestoßen war.

„jetzt mal spaß beiseite, onkel edgar. hast du letzte nacht irgendwelche schüsse gehört?"

„weiß nicht, hier wird ständig geballert, ist ja grigoleits hausrevier. manchmal hört man was, dann hört man lange zeit nichts und manchmal bildet man sich auch nur ein, schüsse zu hören. außerdem, mit dem ganzen krach von nebenan, bekommt man doch sowieso nichts mehr richtig mit."

„kann ich mir vorstellen. ziemlich viel rummel hier in der saison?"

„rummel?" fragte der alte empört. „das ist die hölle. tausend jahre sagten sich hier die füchs gute nacht und jetzt gibt´s rund um die uhr disco. fängt in aller herrgottfrühe an und geht offiziell bis 22 uhr; aber bevor der letzte suffkopp sein maul hält und im bett liegt, ist mitternacht meist vorbei. ich sag´ dir, eines tages besorge ich mir handgranten und werf sie einfach über die mauer."

„mach keinen quatsch, onkel edgar."

„was soll ich sonst tun?" erkundigte sich der alte mann empört. „klar, ich könnte verkaufen, deswegen hat grigoleit mich ja auch bei lebendigem leibe eingemauert; aber an den gangster hätte ich keinen zentimeter mehr abgegeben."

„hat er dir denn ein angebot gemacht?"

„jede woche drei stück, wenn er im lande war. das war seine fixe idee, der wollte jedes ufergrundstück, das er sich krallen konnte. nur von mir hätt´ er keinen zentimeter mehr gekriegt."

„waren die angebote okay, ich meine rein finanziell gesehen?"

„der alte sack war großzügig, wenn er was haben wollte, kann man nicht anders sagen. für das geld hätte ich mich in berlin mitte ansiedeln können. aber grigoleits geld ist schmutziges geld."

„wie, schmutziges geld?"

„na, stasi-geld."

„wie kommst du denn darauf?"

„also junge, irgendwo müssen die millionen doch geblieben sein, die von den brüdern und schwestern auf seite geschafft wurden, oder? und die haben auf seite geschafft, das schwör´ ich dir. und nicht in ostgeld sondern in devisen. und grigoleit wird mit absoluter sicherheit zugang zu den piepen haben, darauf verwette ich meine hütte. woher stammt denn sonst das ganze kapital für grigoleits anschaffungen? zwei hotels, zwei kneipen, zwei villen mit park und wer weiß, was sonst noch alles? glaubst du, das finanziert sich mit den ersparnissen eines ddr-beamten? lächerlich!"

„wahrscheinlich nicht," gestand kieselbach ein. „aber es heißt, die banken hätten ihm großzügige kredite gegeben."

„haha," lachte onkel edgar gezwungen. „nenn´ mir auch nur eine einzige bank, die heute wegen deiner schönen blauen augen und einem kopf voller träume hier im osten auch nur einen hosenknopf investiert. die säcke rücken doch nur geld raus, wenn die sache zu hundert prozent abgesichert ist."

„du scheinst ja bestens informiert zu sein."

„kunststück. frag mal deinen vater, wie viel kredit ihm die banken nach der wende gegeben haben, als er euren ´bunten hecht´ renovieren wollte."

„keine müde mark." lukas kieselbach erinnerte sich nur ungern an diese unschöne bettelei bei den neuen geldgebern. nicht ein kreditinstitut war bereit gewesen, in die sanierungsbedürftige kneipe draußen am meisterfließ zu investieren. letztenendes hatte sie einiges geld in der verwandtschaft zusammengekratzt und die notwendigsten reparaturen und verschönerungsarbeiten fast komplett in eigenregie durchgeführt. vierzig jahre mangelwirtschaft machte erfinderisch und der bankenkapitalismus lehrte einen den rest.

„aber tröste dich, geld und besitz allein machen auch nicht glücklich," knurrte der alte mann und deutete in richtung hotel. „guck dir doch an, was nebenan hinter den kulissen läuft, - sodom und gomorrha."

„wie meinst du das?"

„ihr wisst anscheinend gar nichts bei der polizei, oder?"

„na ja, wir werden leider immer erst gerufen, wenn das kind schon im brunnen liegt."

„also schön, herr kommissar, dann will ich dir mal auf die sprünge helfen. der olle grigoleit hatte vielleicht jede menge geld und immobilien und einfluß, aber zuhause brannte die hütte."

„wie, ´brannte die hütte´?"

„nun ja, die schöne elvira hatte die nase voll bis obenhin von ihrem rambo, der sich mit jedem anlegen musste, der ihm über den weg lief. grigoleit selbst hatte damit keine probleme, wahrscheinlich hat es ihm sogar spaß gemacht, überall draufzuhauen, aber für seine alte war das ganze die hölle. hier in leipe, in vetschau oder in lübbenau konnte sich die dame doch nirgendwo mehr blicken lassen, ohne für den schwachsinn, den ihr mann verzapfte, sofort angemacht zu werden. brötchenholen oder blumenkaufen war doch der reinste spießrutenlauf für sie. klar, die verkäuferinnen hielten die klappe, aber die kundschaft hat ihr doch gleich die meinung gegeigt, und nicht zu knapp. das waren echte auftritte. ne, die schöne elvira hatte die nase voll von ihrem göttergatten und zwar endgültig."

„willst du damit andeuten, das sie sich scheiden lassen wollte?"

„du merkst aber auch alles, junge, du solltest zur polizei gehen." langsam kam onkel edgar in fahrt.

„danke für den hinweis."

„erschwerend kam hinzu, das sie in den alpen irgend so einen windigen skilehrer kennengelernt hatte, der wohl optisch und finanziell nicht ganz uninteressant war. und seitdem tanzten im hause grigoleit die puppen. und die krönung war, das paul obendrein seine tochter aus berlin zurückgeholt hatte. gerade jetzt, wo ihr die anstellung als lehrerin sicher war, so mit pensionsberechtigung und allem. aber irgendwie hat der alte den dreh gefunden, das steffi den job hingeschmissen hat. armes mädchen und nicht nur weil sie so riesengroß ist."

„und das alles haben dir die dame des hauses oder grigoleit persönlich auf die nase gebunden?"

„im leben nicht.“ onkel edgar winkte energisch ab. „nach außen war alles friede-freude-eierkuchen; aber meine schwester, deine tante mia, darf bei den grigoleits putzen, für vier euro die stunde; das macht nicht reich, aber man kriegt da so einiges mit.“

„na prima, dann leg mal los.“

„wie? war doch wohl genug für den anfang!“ schnaufte onkel edgar. „außerdem werde ich den teufel tun und dir den mörder an´s messer liefern. dem kerl gehört ein denkmal gesetzt und zwar ein anständiges. und mit der meinung steh ich nicht alleine da. frag doch mal totzke und die leute vom dorfkomitee. wetten, das da heute abend gefeiert wird?“

„alfons totzke?“

„genau den. der alte knabe hatte doch gründe genug, um grigoleit in den stasi-himmel zu befördern.“

„und weshalb?“

„soll er dir selber erzählen; sonst heißt es hinterher, ich ziehe über leute her.“

„eine frage noch, onkel edgar, du warst natürlich gestern nacht im haus?“

„klar, oder glaubst du ich, schleiche bei diesem sauwetter nächtens durch den wald, nur um grigoleit eins überzubraten? ne, dazu hät´ sich dein onkel edgar einen schöneren tag ausgesucht.“

„glaub ich dir auf´s wort.“

„mit zeugen bin ich natürlich was klamm, junge,“ schnaufte der ehemalige schützenkönig. „aber als junggeselle in meinem alter hat man in der beziehung verdammt schlechte karten.“

steffi

die terrasse der ´alten pferdetränke´ lag nur durch die ´neue mauer´, wie onkel edgar sie nannte, getrennt direkt neben der alten spreewaldkate; aber der fußweg dorthin war mehr als einen halben kilometer lang, - die gesamte grundstücksbreite zurück zur einzigen dorfstraße und dann über die hotelzufahrt retour zum wasser. jetzt, ohne das schützende grün der büsche, bäume und hecken zeigte die gesamte anlage ihre triste belanglosigkeit, architektonische fast-food kultur und kein hauch spreewald-charm.

ein kleingewachsener, junger mann mit schwarzem haar und mandelaugen erschien in der hoteltür, blickte auf den uniformierten, der sich dem gebäudekomplex näherte und zog sich augenblicklich zurück. kieselbach folgte ihm, doch im eingangsbereich und auch in der kneipe dahinter herrschte gähnende leere. nur an der theke nahm der kommissar eine bewegung war.

„hallo lukas," sagte eine stimme ohne große begeisterung.

„oh, hallo steffi."

der kommissar bewegte sich durch den halbdunklen schankraum auf die theke zu und reichte der jungen frau dahinter formell die hand.

„mein beileid."

steffi grigoleit hatte die dreißig noch nicht erreicht; sie und kieselbach waren zwischenzeitlich zur gleichen schule gegangen, bevor ihr vater dafür gesorgt hatte, das seine tochter in cottbus die erweiterte oberschule besuchen durfte. aber naürlich war man sich trotzdem in lübbenau oft genug über den weg gelaufen und steffi war nicht zu übersehen gewesen; schon als kind hatte sie alle gleichaltrigen überragt, auch die meisten jungen; heute maß sie mehr als einen meter und neunzig. aber nicht deswegen war sie eine art außenseiterin unter allen gleichaltrigen gewesen, sondern weil jeder natürlich wusste, wer und was ihr vater war; und mit der stasi hatte man besser keinen kontakt, auch wenn er nur höchst indirekt zustande kam.

„vergiß es," antwortete die schlanke, ganz in schwarz gekleidete junge frau. „der halbe ort ist doch glücklich darüber, das vater nicht mehr lebt."

unschlüssig drehte der kommissar seine uniformkappe in den händen. „na ja, dein vater hat ja auch lange und intensiv genug an seinem schlechten image gearbeitet."

„stimmt leider," kam es zurück. für eine sekunde herrschte schweigen. „und du hast jetzt die ehrenvolle aufgabe, den mörder zur strecke zu bringen?"

„glaub´ nur nicht, das ich mich um diese sachen reiße."

„wollte ich damit auch nicht gesagt haben."

„wie geht´s deiner mutter?"

„na ja, auf der einen seite ist das ganze bestimmt ein schlag für sie," antwortete die einzige tochter des ermordeten, „auf der anderen seite vielleicht auch eine art erlösung; mit papa zu leben war keine einfache sache."

„deine mutter wollte sich scheiden lassen, richtig?"

die junge frau machte ein überraschtes gesicht. „scheint sich ja schnell herumgesprochen zu haben."

„wir leben hier in einem fingerhut, da lässt sich nicht viel geheimhalten."

„gut, aber du glaubst doch nicht im ernst, das mutter etwas mit diesem mord zu tun hat, oder? wenn sie die scheidung wirklich gewollt hätte, wäre die sache längst erledigt gewesen. niemand hätte sie davon abhalten können, nicht einmal papa."

lukas kieselbach winkte ab. „deine mutter können wir ausklammern; der täter muß, nach allem was wir wissen, ein absoluter meisterschütze sein."

„dann ist mutter draußen,“ antwortete die lehrerin. „sie haßt schußwaffen wie die pest, genauso wie vaters trophäensammlung. nächste woche wird der ganze plunder wahrscheinlich im altmüll landen.“

„deine mutter wäre die letzte, die ich verdächtigen würde,“ beruhigte der kommissar, „und nicht jeder der befragt wird, ist automatisch tatverdächtig.“

„gut zu wissen,“ antwortete die junge frau. „ich kann allerdings mit einer flinte umgehen. vater hat mich von klein an mit auf die jagd geschleppt, ob ich nun wollte oder nicht. er hat mit sogar ein kindergewehr anfertigen lassen, das gibt´s heute noch.“

„und wann hast du das letzte mal geschossen?“

„mit dem babygewehr?“

„ne, generell.“

„vor ungefähr einer wochen, wir waren auf sauen unterwegs.“

„wir?“

steffi nickte. „vater und ich und irgendein wichtiger mensch aus dem westen, der häufig kommt, weil er glaubt, das man hier noch ungezwungener rumballern kann als bei ihm zuhause. dabei gelten hier die gleichen vorschriften und jagdgesetze wie drüben.“

„könnte vielleicht einer von diesen wichtigen menschen hinter dem mord stecken?“

steffi zuckte mit den schultern. „keine ahnung. die leute kamen und gingen. jeden tag irgendwer anders.“

„hat es irgendwann streit mit einem dieser gäste gegeben?“

„nicht, das ich wüsste. seinen besuchern gegenüber konnte vater ausgesprochen zuvorkommend sein.“

„gibt es adressen von diesen herrschaften?“

„mit sicherheit irgendwo in vaters unterlagen, er war penibel in solchen dingen; wenn du willst, suche ich dir die adressen heraus.“

„wäre prima," antwortete der kriminalist. „nur eine frage noch, - wie hast du dich mit deinem vater verstanden?"

„na ja," steffi grigoleit stockte. „du kanntest vater ja auch. alle hatten probleme mit ihm."

„du auch?

„natürlich, von klein auf."

„und trotzdem bist du aus berlin zurück? wenn ich richtig informiert bin, hattest du eine stelle als lehrerin?"

„als studienrätin zur anstellung, nach den sommerferien."

„und den job hast du sausen lassen?" fragte lukas kieselbach ungläubig. als beamtete studienrätin hätte steffi einiges mehr verdient als ein hauptkommissar.

„was sollte ich machen? vater hat mich quasi erpresst."

„und wie?"

„ich wäre enterbt worden und hätte hausverbot bekommen. im gegenzug hat er mir, quasi zur belohnung, drei immobilien überschrieben." die junge frau lächelte schwach. „so schaffte er auf dauer jeden."

„nicht ungeschickt," antwortete lukas kieselbach. „aber wen hätte er als erben eingesetzt, wenn du nicht gekommen wärest?"

„er hätte eine gmbh aus allem gemacht, mit gesellschaftern von außen, die auf alles den daumen gehalten hätten."

„ist so was rechtlich möglich?"

„kein problem."

„das heißt, deine mutter hätte auch ziemlich in die röhre geschaut?"

„sie wäre voll von den gesellschaftern abhängig gewesen. und auf diese weise hat er mich letztendlich rumgekriegt."

„und jetzt?"

„keine ahnung. ich habe noch keinen überblick über das, was jetzt alles abgewickelt werden muß. da dürfte einiges auf uns zukommen. vater hat schließlich aus geschäftlichen dingen immer große geheimnisse gemacht. wir werden vor allem die testamentseröffnung abwarten müssen."

„und du weißt nicht, was im testament steht?"

„keine ahnung, lukas, ehrenwort."

„kann man das mit der lehrerstelle noch rückgängig machen?" kieselbach blickte mit wenig begeisterung durch die ´pferdetränke´. hier vorn an der theke gab es vielleicht noch einen hauch ursprünglicher spreewaldatmosphäre, die offenen flaschen- und gläserregale waren aus dunkel gebeiztem holz, ein fischernetz hing halbwegs romantisch von der decke herab und ein gutes dutzend aufpräparierter fische, von denen die hälfte allerdings nicht aus der region stammte, gaukelte längst vergangene zeiten vor; doch wenn man sich herumdrehte und in den nackten, nur durch einige raumteiler aus billigholz gegliederten saal blickte, in dem knapp 300 gäste gleichzeitig abgefüttert werden konnten, dann verlor sich sofort jedes gefühl von romantik.

„für dieses jahr ist der zug abgefahren, aber vielleicht klappt´s im nächsten," kam es ohne große überzeugung zurück.

„alles ziemlich schräg gelaufen," murmelte lukas kieselbach und wandte sich zur tür.

„übrigens, wer war der gelbe junge mann, der mir vorhin über den weg gelaufen ist?"

„das war minh, eine von vaters errungenschaften. insgesamt sind es drei vietnamesen, die er vor knapp vier monaten aus berlin mitgebracht hat; und seit dieser zeit schuften sie hier, illegal natürlich," erklärte die verhinderte studienrätin ohne zögern. „gib mir mal einen tipp, was ich jetzt mit den burschen machen soll, auf die was ich jetzt mit den burschen machen soll, auf die straße setzen, die polizei rufen oder alles so lassen?"

„oh mann, hier laufen dinger," stöhnte kieselbach und fuhr sich ratlos durch das dichte haar.

„kannst du laut sagen, aber ich hab die herrschaften nicht ins haus geholt, ehrenwort."

„na wunderbar," knurrte der kommissar. „eine frage, können die kerle mit waffen umgehen?"

„du meinst mit einer flinte?" steffi grigoleit machte große augen.

„genau."

„keine ahnung. aber du meinst doch nicht, das die drei vater umgebracht haben?"

„bin ich jesus?" allmählich begann es in kieselbach zu brodeln. „spricht einer von denen deutsch?"

„keiner; und mit ihrem englisch ist es auch nicht weit her."

„na, herzlichen glückwunsch," stöhnte der kommissar. „und wo finden wir hier einen dolmetscher der vietnamesisch kann?"

„du willst die burschen verhören?"

„was sonst? wahrscheinlich haben sie mit der ganzen schweinerei überhaupt nichts zu tun; nur wenn ich sie ohne verhör laufen lasse und die sache kommt raus, dann reißt mir der staatsanwalt die rübe ab und zwar mit vernügen. also, sieh zu, das sich die herrschaften nicht plötzlich in luft auflösen. dann hast du nämlich noch ein problem am hals."

mittagspause

kieselbach vertäute die ´biber 18´ im bootsschuppen und überlegte kurz, ob er seine mittagspause zu hause mit einer plastiksuppe verschönern sollte oder nicht. in erinnerung an die gestrige nudelpampe aus der mikrowelle entschied er sich für eine stehmahlzeit bei bubner, dem bäcker, der den ganzen tag über auch kleine mahlzeiten servierte. den weg zur wache hatte er in knapp fünf minuten zurückgelegt und betrat das gebäude durch den rückwärtigen eingang. minkner stand hinter dem tresen und grinste seinen chef an wie ein penäler, der wusste, das er seine hausaufgaben heute vollständig hatte.

„wie neu, der raum, besser geht nicht," verkündete er. „dafür sind mindestens zwei tage sonderurlaub fällig."

„ich hab´ was viel besseres für dich und deine malerkolonne," antwortete sein chef.

„was denn?" fragte minkner und strahlte wie ein atomkraftwerk.

„ihr müßt dringend ein paar vietnamesen einsammeln."

„nach vietnam? wunderbar! da wollte ich schon immer mal hin."

„oh gott," stöhnte lukas kieselbach und verdrehte seine augen. „es gibt auch reisefreudige vietnamesen. die drei in frage kommenden herren befinden sich zur zeit in der ´pferdetränke´, auf grigoleits betreiben und höchstwahrscheinlich illegal." kurz und knapp erklärte der chef seinem hauptmeister die wenig erfreuliche sachlage.

„geht vorsichtig mit den jungs um und macht ihnen keine angst. wir brauchen nur ihre aussagen, mehr nicht. den rest entscheiden wir, wenn wir genau im bilde sind, klar?"

„glaubst du, das die herrschaften irgendwelche papiere haben?"

„wird sich herausstellen,“ antwortete kieselbach. „und, wie gesagt, keine verletzten oder anderen zirkus; und lasst vor allem keinen entwischen. dann wird´s peinlich.“

„keine sorge, chef, wir werden das kind schon schaukeln.“

„genau das befürchte ich ja,“ erkärte kieselbach. „und sagt unserem kleinen, das er sich auf der stelle um einen dolmetscher kümmern soll, der vietnamesisch spricht. sonst war die ganze aktion für die katz.“

„wird mit vergnügen erledigt,“ erklärte minkner und trat ab.

lukas kieselbach begab sich in das büro seines nochstellvertreters und erteilte ihm den dienstlichen befehl, mittagessen zu gehen.

gemeinsam marschierten sie an den noch nicht mit graffiti beschmierten wänden von sankt nikolai vorbei, überquerten den neu angelegten parkplatz und betraten den nach frischer ware duftenden bäckerladen. die langestreckte fensterfront war von innen fast vollständig beschlagen, temperatur und luftfeuchtigkeit im verkaufsraum hatten saunaniveau und die mollige bedienung ließ zwei dutzend frische brötchen von einem heißen blech schwungvoll in die auslage purzeln.

„bin sofort bei ihnen,“ rief sie den uniformierten zu und kehrte im eilschritt mit einem zweiten blech zurück.

„hat zeit,“ antwortete kieselbach, „wir sind nicht auf der flucht.“

enderlein und er legten zuerst ihre mützen ab und dann die hier viel zu schweren, dunkelblauen dienstpullover. ausgiebig studierten sie anschließend die kleine, in folie geschweißte speisekarte. die auswahl war nicht übermäßig, aber sie befanden sich ja auch nicht in einem vier-sterne lokal. enderlein bestellte eine kleine soljanka plus käsebrötchen, kieselbach eine große lasagne.

„und?“ erkundigte sich der zukünftige kripochef, der am 1.11. mit drei kollegen in den zweiten stock der wasserschutzpolizei einziehen würde. für ihn persönlich würde es dabei eine treppe höher gehen, vom dienstgrad her gesehen und büromäßig, denn bis jetzt hockte er auf der ersten etage.

„alles sehr merkwürdig,“ antwortete sein noch-chef. „normalerweise tappt man wie ein blinder nach verdächtigen; und in diesem fall wirst du innerhalb eines halben tages mit motiven und potentiellen mördern zugeschüttet.“

„hast du die alibis schon überprüft?“

„nebensache,“ erklärte lukas kieselbach. die bedienung kam und servierte bedächtigt die mikrowellenerhitzten speisen.

„wieso nebensache?“ erkundigte sich bert enderlein erstaunt. na ja, vorerst natürlich,“ lenkte sein dienststellenleiter ein. „onkel edgar hat sowieso kein alibi, als junggeselle; unser herr bürgermeister wird wahrscheinlich termine gehabt haben ohne ende und madame grigoleit dürfte kaum mitten in der nacht durch den wald schleichen, um ihren herzbuben umzulegen. außerdem kann sie mit schußwaffen nicht umgehen.“

„wer sagt das?“

„sie selbst,“ gab kieselbach zurück. „aber ich hab´ auch noch nie gehört, das sie bei einer dieser jagden mit von der partie war.“

„na schön,“ murmelte enderlein und pustete in seine heiße soljanka. „und steffi?“

„na ja, ich hätte fragen können, war mir aber zu doof. vor drei monaten beinahe studienrätin und jetzt rachengel, ne,“ der polizist schüttelte den kopf, „das passt irgendwie nicht zusammen.“ vorsichtig stocherte er in seinem noch brodelnden mittagessen.

„außerdem sind da noch die vietnamesen.“

„welche vietnamesen?“

„ach so,“ erklärte kieselbach, „du bist noch nicht auf dem neuesten stand. da sind drei junge vietnamesen in der ´pferdetränke´. grigoleit hat sie vor einiger zeit aus berlin angeschleppt, illegal wahrscheinlich, so als private beschäftigungspolitik. minkner und seine malerkolonne sammeln die burschen gerade ein.“

„nicht schlecht,“ sagte enderlein. „vorne den großen unternehmer mimen und hinter den kulissen arbeiten die sparschweine. so kommt man an geld. und die strafen für solche geschäftsmethoden sind absolut lächerlich.“

„und obendrein sitzen unsere leute auf der straße.“

„oder schaffen für den gleichen lohn wie die kulis.“

„gibt´s an diesem grigoleit eigentlich irgendwas positives?“ erkundigte sich kieselbach, probierte seine immer noch dampfende lasagne und verbrannte sich prompt die zunge.

„na ja, als wirtschaftsminister für die liberalen wäre der knabe eine ideale besetzung,“ antwortete enderlein und blickte ungeduldig in seine kochend heiße soljanka.

kung-fu

fünf minuten nachdem kieselbach sein büro betreten hatte, erschien kevin schmitz und präsentierte stolz einen sieben seiten langen bericht.

„alle achtung, herr kollege,“ lobte sein vorgesetzter, „nehmen sie platz.“ im schnellverfahren überflog er das eng gedruckte manuskript. „rechtschreibprogramm aktiviert?“ erkundigte er sich trocken.

„wie, so viele fehler?“.

„na ja, ich bin auch kein orthographiekünstler, aber jagen sie den ganzen kram noch mal durch den computer; inhaltlich scheint die sache okay.“

„wie sie meinen, chef,“ maulte das riesenbaby, griff seinen bericht und wandte sich zur tür.

„ach so,“ rief ihm der kommissar hinterher, „wie sieht´s mit dem dolmetscher aus?“

„sitzt auf abruf in berlin.“

„sofort kommen lassen, den mann. eigentlich müssten minkner und seine brigade längst wieder zurück sein. und wir wollen nicht unnötig zeit verplempern.“

„wird erledigt,“ antwortete der neue und schob einigermaßen beleidigt ab.

dreißig sekunden nach seinem abgang meldete sich kieselbachs dienstapparat. minkner war in der leitung.

„wir sind hier unten im anzeigenraum. wäre schön, wenn du mal kurz kommen könntest.“ minkners stimme strahlte bei weitem nicht wie sonst und der kommissar ahnte böses.

lukas kieselbach brauchte keine zehn sekunden bis ins erdgeschoß und was er vorfand, war eine sehr gemischte szene. hinter einem nackten, weißen plastiktisch saßen zwei noch fast jugendliche asiaten, die wenig freundlich in die runde blickten. um sie herum standen drei beamte in arg lädierter kleidung. gebhardt fehlte der vollständige rechte ärmel seiner uniform, minkner hielt eine völlig versaute kappe in seinen händen und scholz hatte es am heftigsten erwischt. uniformhose und pullover sahen aus, als hätte er sich im dreck gewälzt und sein linkes auge war verquollen und glänzte bereits dunkelblau.

„wie ich sehe, war die aktion ein voller erfolg," begann der dienststellenleiter.

„du hättest uns ja wenigstens sagen können, das wir es mit ausgebildeteten kung-fu leuten zu tun haben. pack mal einen von den kerlen an," fluchte scholz. „das ist wie´n griff in die steckdose."

„die sind sowas von flink, die kerlchen," fügte gebhardt hinzu, das klassische abbild eines sitzenden beamten, leichter bauch, gekrümmte schulter, stirnglatze. „ich hab´ einen von denen greifen wollen und schon war der ganze ärmel weg. sagenhaft."

„und wo ist der dritte mann?"

„tja," antwortete minkner leicht verlegen, „das wüssten wir auch gern."

„wie, war der etwa schon weg?"

„nicht direkt," kam es zögerlich zurück. „aber als ich ihm handschellen anlegen wollte, tat´s einen schlag, ich saß auf dem hintern und der junge sprang kopfüber in den fluß."

„wie, in´s wasser?" staunte kieselbach.

„genau! der hüpfte einfach rein in die kalte brühe und war weg," antwortete scholz mit einem anflug von bewunderung.

„wir haben alles im auge gehabt, den ganzen bach rauf und runter, aber der wahnsinnige ist einfach nicht wieder aufgetaucht."

„der muß sich doch den schädel eingerammt haben. die spree in leipe ist doch kaum einen halben meter tief," erklärte der dienststellenleiter.

„stimmt schon.; der knabe hätte sich eigentlich den hals brechen müssen, hat er aber nicht." hilflos hob minkner beide arme. „wir haben das ganze wasser abgesucht, systematisch und mit drei kähnen, alles fehlanzeige."

„wunderbar,“ kommentierte der kommissar gereizt. „das heißt, wenn unser meisterschwimmer sich nicht doch das genick gebrochen hat, dann wird er sich jetzt in seinen nassen klamotten den tod holen.“

„also, wir haben ihn nicht in´s wasser gejagt,“ verteidigte sich minkner. „der sah uns kommen und – platsch, ab durch die mitte.“

„ihr seid helden,“ stöhnte kieselbach. „applaus, applaus.“

„wie gesagt, chef, auf kung-fu waren wir echt nicht vorbereitet,“ lenkte gebhardt ein.

„schon gut.“ der kommissar lächelte müde. „nehmt den beiden anderen jetzt endlich die handschellen ab, das sind keine schwerverbrecher.“

„hör´ mal chef, ich wär´ da ausgesprochen vorsichtig,“ warnte scholz und zeigte auf sein wunderbares veilchen, „die können richtig ärger machen.“

„feiglinge,“ schnarrte kieselbach und ließ sich die schlüssel geben. aufmerksam musterten ihn die beiden halbwüchsigen.

„her mit euren händen,“ erklärte der kommissar und ließ sich von seinem hauptmeister den schlüssel geben. vorsichtig streckten sich ihm vier arme entgegen. sie waren dünn aber sehnig.

mit spannung beobachteten die restlichen beamten den befreiungsvorgang, jederzeit bereit einzugreifen, doch nichts geschah. die burschen massierten ihre unterarme und nickten dankend in richtung ihres befreiers.

„seht ihr, die sind sogar höflich.“

„klar, jetzt können sie auch nichts mehr reißen,“ konterte minkner.

„um so besser für euch helden,“ knurrte kieselbach. „ihr besorgt jetzt im eiltempo einen großen pot tee, irgendwas vernünftiges zu essen und für jeden einen halbwegs passenden pullover und alles ohne kung-fu einlagen, ist das klar?."

„farblich irgendwelche besonderheiten bei der kleidung?" erkundigte sich minkner vorwitzig und sah zu, das er zügig den raum verließ.

„und du gehst mit deinem auge sofort zu doktor melchers," fügte der dienststellenleiter seinen anweisungen hinzu.

scholz nickte etwas gequält. „mein erster arbeitsunfall nach fast dreißig jahren."

„na ja," erklärte gebhardt und grinste. „an einem bleistift kann man sich auch nicht toll verletzen."

scholz wollte antworten, doch sein chef fiel ihm ins wort. „seht zu, das ihr euren job macht. ich habe jetzt die ehre, eurer dusseligkeit wegen eine fahndung einzuleiten, absolute klasse." kieselbach schüttelte den kopf. „und damit das klar ist, ich erwarte über die ganze angelegenheit einen ausführlichen bericht, mit allen details."

„muß das sein, chef?" stöhnte scholz.

„ihr hättet euch ja etwas geschickter anstellen können," lautete die eindeutige antwort.

um punkt drei erschien görlich. er war mittelgroß, trug einen bürstenhaarschnitt und machte insgesamt den eindruck, als könnte ihn nichts aus der ruhe bringen. enderlein berichtete so ausführlich wie nötig über die tagesereignisse, ohne von kieselbach unterbrochen zu werden; görlich hörte zu und machte sich sorgfältig notizen. immer dann, wenn ihm zusammenhänge nicht klar waren, schoß er eine kurze frage ab, um sich genauer unterrichten zu lassen.

„und nach dem geflüchteten vietnamesen wird gefahndet?"

„das landeskriminalamt in eberswalde ist informiert," antwortete kieselbach. „im spreewald und drumherum sind verstärkt streifen im einsatz, mit boot und auto; und in drei stunden, wenn wir den jungen bis dahin nicht gefasst haben, wird eine suchmeldung über radio verbreitet."

„habt ihr seinen namen?"

kieselbach schüttelte den kopf. „wir warten auf den dolmetscher aus berlin."

„und wie machen sie das mit der personenbeschreibung?"

„so präzise wie möglich. zirka 20 jahre alt, einem meter sechzig groß, vermutlich bekleidet mit völlig durchnässten sachen."

„na ja, wollen wir hoffen, das der knabe auftaucht, bevor es stockduster ist." görlich packte seine sachen und verzog sich in kieselbachs büro, um das ausführliche protokoll über die bisherigen ereignisse zu studieren und seinen vortrag vorzubereiten.

der dolmetscher

im frisch renovierten sozialraum auf der ersten etage stapelten sich die pressevertreter. vier fernsehsender und rundfunkanstalten hatten ihre mikros und kameras aufgebaut und die techniker und kameraleute warteten betont gelassen auf ihren einsatz. das knappe dutzend vertreter der schreibenden zunft saß größtenteils gelangweilt auf seinen stühlen; nur drei redakteure hackten emsig auf ihren notebooks herum und machten dabei wichtige gesichter. kieselbachs besonderer freund, attila honecker, vom blitz-kurier, hockte in der ersten reihe und blockierte gleich zwei sitzgelegenheiten.

glücklicherweise wurden gerüche noch nicht übertragen und selten kommentiert, denn noch müffelte es im raum penetrant nach frischer farbe, obwohl minkner und co bis auf den letzten drücker gelüftet hatten.

görlich war in voller uniform erschienen und hatte gerade mit seinem vortrag begonnen, als gebhardt im türrahmen erschien und seinen chef herauswinkte.

„der dolmetscher ist da," flüsterte er.

der mann war kaum einen meter fünfzig groß, vielleicht sechzig jahre alt, hatte leicht ergraute haare und war außerdem eine frau, wie kieselbach auf den zweiten blick feststellte.

„es wäre schön, wenn uns die beiden herren ein paar fragen beantworten könnten. ihr chef ist heute morgen ermordet worden und wir suchen nach hinweisen auf den täter."

„die beiden herren haben ihren chef doch nicht ermordet, oder?" erkundigte sich die dame besorgt.

„kaum anzunehmen," antwortete der kommissar. „wir wollen nur ein paar informationen."

hintereinander betraten sie die völlig kahle großzelle, in der sich die beiden vorläufig festgenommenen aufhielten. sie waren frisch geduscht, hatten zu essen und zu trinken bekommen und steckten, zusätzlich zu ihrer eigenen kleidung, in wollenen pullovern, die ihnen deutlich zu groß waren. wesentlich entspannter als noch vor knapp zwei stunden blickten sie auf ihre besucher. schmitz hielt sich im hintergrund und schrieb das protokoll.

„fragen sie die beiden bitte nach ihren namen."

mit asiatischer höflichkeit wandte sich die alte an die jungen, verbeugte sich und es begann ein dialog aus einer anderen welt.

„die herren heißen mau und hoh und bedauern es, sich gegen die herren polizisten gewehrt zu haben. sie bitten um vergebung."

„alles in ordnung. die sache ist erledigt," versicherte kieselbach. gebhardt und minkner grinsten etwas schief.

„sagen sie ihnen, das wir ihren kollegen noch nicht gefunden haben. wir wollen nicht hoffen, das er ertrunken ist."

die dolmetscherin übersetzte und was sie dann auf deutsch sagte, machte für die beamten einige dinge klarer. „der dritte, herr minh, stammt von einer kleinen insel; da lernen die kinder zuerst schwimmen und tauchen und dann erst das laufen. herr minh ist mit sicherheit nicht ertrunken. er kann einige minuten unter wasser bleiben ohne auftauchen zu müssen."

„na gut. dann fragen sie die herren, wie sie bei grigoleit gelandet sind."

„über herrn dong," antwortete die alte dame nach kurzer rücksprache.

„und wer ist dieser herr dong?"

„herr dong ist der leiter einer großen organisation."

„welcher organisation?"

„na, der organisation, die leute aus vietnam nach deutschland bringt," antwortete die dolmetscherin unbefangen.

„ah, verstehe," murmelte kieselbach.

„schlepper und menschenhändler," knurrte minkner. „ganz krumme hunde."

„und wie läuft das ab mit diesem transport nach deutschland?"

die alte übersetzte und die beiden jünglinge gaben bereitwillig auskunft.

„sie sagen, man muß in vietnam sehr viel geld bezahlen für diese reise; und wer das nicht kann aber noch jung ist, der muß einen vertrag unterschreiben."

„und, was steht in diesem vertrag?“

„man muß fünf jahre in deutschland arbeiten ohne geld. alles geld geht an die organisation. in diesem vertrag steht auch, das man danach in deutschland bleiben kann.“

„wie praktisch,“ kommentierte minkner.

„und seit wann sind die herren schon hier in deutschland?“

„seit zwei jahren; und sie haben immer fleißig gearbeitet und der organisation ehre gemacht,“ übersetzte die weißhaarige vietnamesin.

„und, haben sie immer für grigoleit gearbeitet?“

die befragten schüttelten ihre köpfe. „nein, das ist ihre achte stelle. sie bleiben nirgendwo lange.“

„wegen der polizei?“

„die herren sagen, sie haben noch nie etwas mit der polizei zu tun gehabt; immer nur arbeiten und schlafen und sonst nichts. aber die hälfte der zeit für die organisation ist schon um, und danach wird alles besser.“

„wollen die beiden denn in deutschland bleiben?“

die dolmetscherin fragte nach und erhielt eine ewig lange antwort.

„auf jeden fall; und herr minh auch. wenn die fünf jahre vorbei sind, werden sie ein lokal aufmachen mit vietnamesischen spezialitäten, vielleicht hier im ort. es gibt viel wasser hier und das ist gut. sie, herr kommissar, sind herzlich eingeladen, weil sie ein freundlicher mensch sind. ihre drei freunde sollen aber nicht mitkommen, sie sind unhöflich.“

kieselbach warf einen kurzen, strengen blick auf minkner; der grinste verlegen und bekam einen knallroten kopf. „ich würde ja liebend gerne wissen, was ihr mit den kerlen angestellt habt.“

„soll ich das übersetzen?“ fragte die weißhaarige dame.

„nicht nötig, das erledigen wir später," erklärte der beamte. „fragen sie die beiden, ob sie grigoleit gestern abend zufällig gesehen haben."

„sie sehen grigoleit jeden abend," lautete die antwort. „er kommt und bringt die herren in ihre unterkunft."

„und wo ist diese unterkunft?"

„draußen im wald, einige hundert meter entfernt vom lokal. ein kleiner schuppen, in den dieser herr grigoleit sie jeden abend einschließt."

„sie werden eingeschlossen? "

„genau," sagte die dolmetscherin und die beiden jungen männer nickten, „jede nacht."

„und ohne grigoleit können sie nicht wieder raus, oder was?"

„schweres holz, sagen sie, und die tür ist von außen verriegelt. sie haben versucht, die tür auszuhebeln, aber ohne werkzeug ist das nicht möglich. und wenn steffi sie nicht rausgelassen hätte, dann wären sie in der ollen kate vermodert."

„so ein arsch," fluchte minkner. „das ist glatte sklaverei. mitten im spreewald; ich halt´s im kopf nicht aus."

„das hier ist wahrscheinlich nur die spitze des eisbergs," antwortete sein vorgesetzter. „ich möchte nicht wissen, was in berlin oder so hinter den kulissen los ist. aber vielleicht kann man mit diesen beiden herren den sumpf etwas trockenlegen."

„hoffentlich," antwortete minkner ohne große überzeugung. „so was dürfte doch in zivilisierten gegenden gar nicht mehr möglich sein."

„sklaverei hat es zu allen zeiten und in allen kulturkreisen gegeben," mischte sich die dame ein. „im alten china und im heutigen amerika. offiziell ist sklaverei zwar verboten und offiziell dürfen wir in unseren städten auch nur fünfzig fahren. aber wer hält sich an dieses verbot? mein mann ist vor drei jahren in kreuzberg von einem auto überfahren worden, mit neunzig stundenkilometern."

„und?"

„er ist drei tage später gestorben und der fahrer hat seinen führerschein abgeben müssen für sechs monate."

„das war´s?"

„das war alles," entgegnete die weißhaarige dame. „denn die aufenthaltserlaubnis meines mannes war seit drei tagen abgelaufen; das ausländeramt hatte wegen der sommerferien personalmangel."

„wunderbar," murmelte minkner. „manchmal denk´ ich wir leben in einer echten klapsmühle."

„fragen sie bitte die beiden herren, ob sie wissen, das grigoleit tot ist?" fuhr kieselbach fort. auch ihm passte nicht, was sich hier allmählich herauskristallisierte.

die dolmetscherin übersetzte und die jungen männer machten betroffene gesichter; dann begann eine errregte unterhaltung.

„die herren fragen, die polizei ist also nicht ihretwegen gekommen, sondern wegen des todes von herrn grigoleit?"

„genau," schummelte lukas kieselbach.

„das beruhigt die herren, weil sie haben immer ihren vertrag erfüllt; und sie bedauern das ableben von herrn grigoleit, obwohl er kein freundlicher mensch war; immer nur arbeit und oft gab es auch sehr wenig zu essen. aber als madame steffi kam, wurde alles besser. sie ist ein engel."

„fragen sie, ob sie in der letzten nacht in ihrer hütte waren."

„selbstverständlich, wie jede nacht. madame steffi hatte jedem von ihnen ein schnitzel und ein brötchen mitgegeben."

„haben sie eventuell in der letzte nacht irgendwelche schüsse gehört?"

die burschen nickten zustimmend. „sehr laute schüsse sogar, nicht weit von der hütte entfernt.“

„um wie viel uhr?“

„die herren bedauern, aber sie besitzen keine uhr. es war irgendwann mitten in der nacht.“

„wie viele schüsse?“

„genau zwei schüsse. sie haben auf mehr gewartet aber es ist nichts mehr passiert.“

„sonst noch irgendetwas?“

die burschen schüttelten den kopf und begannen ausführlich mit der dolmetscherin zu reden.

„die herren fragen, ob sie jetzt wieder an ihre arbeit dürfen, weil alles allein ist viel zu viel für madame steffi.“

„sie dürfen bald wieder an ihre arbeit,“ log kieselbach. „sobald wir ihren freund gefunden haben.“

„ich könnt´ kotzen,“ fluchte minkner und verließ vor seinem chef die geräumige gemeinschaftzelle.

„aber vorher schaust du dir die hütte im wald an. und nimmt steiner mit, falls es spuren geben sollte.“

„alles klar, chef.“

attila honecker

die pressekonferenz war beendet, als kieselbach den kleinen, hausinternen gefängnistrakt verließ, in dem es nur zwei, aber, sicherheitstechnisch gesehen, hochmoderne zellen gab. glatte wände, glatte böden, gemauerte betten, um keinem häftling die chance zu geben, auf irgendeine weise irgendwelchen unsinn anzustellen.

die rundfunk- und fernsehleute bauten lustlos ihre geräte ab, wickelten ihre unendlichen kabel auf und schenkten kieselbach keinerlei beachtung. für sie war der einsatz routine, in ihren köpfen liefen bereits die vorbereitungen für den nächsten termin oder den feierabend.

„auf ein wort, herr kommisar," schnarrte eine wohlbekannte stimme aus dem hintergrund, aber weit weniger forsch als im foyer des spreewald-krankenhaus.

„keine feier ohne geier," spöttelte lukas kieselbach. „immer noch der mafia auf den fersen?"

„scientology, großer meister, eindeutig scientology," korrigierte der star-reporter. „ihr unterschätzt diesen verein gewaltig. diese sektenbrüder und schwestern haben ihre finger längst überall im spiel, in ganz normalen firmen, hotels, kneipen, kinos, was sie wollen."

„auch bei zeitungen?"

„natürlich, die haben inzwischen ihre eigenen blätter."

„gehört der ´blitz-kurier´ auch dazu?"

„quatsch," knurrte der kugelrunde journalist. „wir sind überparteilich, neutral und nicht käuflich."

„genau, und die erde ist eine scheibe."

„anstatt euch über die presse lustig zu machen, solltet ihr lieber mit uns zusammenarbeiten," schnaufte der dicke. „das würde die aufklärung mit sicherheit beschleunigen."

„mit ihren kriminalistischen fähigkeit würde ich den journalismus an den nagel hängen und zur polizei wechseln."

„geht leider nicht, wegen der sehschärfe," antwortete attila honecker ernst, nahm seine hornbrille ab und blickte sein gegenüber mit großen, milchig trüben augen an. „mit zwölf dioptrien hast du nirgendwo eine chance, schon gar nicht bei militär oder polizei. die einzigen, bei denen ich nach der schule landen konnte, war ein verlag für blindenschrift und das auch nur, weil sie mussten, von wegen schwerbehindertenquote."

kieselbach hatte eine sarkastische antwort auf den lippen, doch er zuckte nur mit den achseln.

„aber wen interessiert das?“ fuhr der dicke fort und setzte sich die brille wieder auf. „ich wollte eigentlich nur kurz nachgefragt haben, ob es vielleicht noch informationen gibt, die auf der pressekonferenz nicht zur sprache kamen, zum beispiel bezüglich dieser drei vietnamesen. die auskünfte waren mehr als dünn.“

„auf der pressekonferenz ist alles wesentliche gesagt worden.“

„das meine ich doch,“ antwortete der kurzsichtige schreiberling, „alles wesentliche, aber längst nicht alles.“

„für philosophie bin ich nicht zuständig,“ antwortete der kriminalist. „und selbst wenn es noch informationen gäbe, herr honecker, sie wären der allerletzte, dem ich sie auf die nase binden würde. wegen ihrer schwachsinnigen berichterstattung in unserem letzten fall hat die staatsanwaltschaft uns doch einen offiziellen maulkorb verpasst. - mitteilungen an die presse nur noch über den pressesprecher und so weiter.“

„man wird doch mal eine ausnahmen machen können, oder?“

„wie im straßenverkehr, herr reporter, keine ausnahmen. wo fünfzig draufsteht, gilt fünfzig, für alle, auch die presse, klar?“

„na schön,“ brummte honecker und wandte sich dem ausgang zu. „ich wollte nur kooperativ sein.“

„tja, jeder hat da so seine eigenen vorstellungen von kooperation,“ erklärte kieselbach. „einen schönen tag noch.“

ohne sich noch einmal umzuschauen, verließ attila honecker das revier.

gebhardt, beinahe unsichtbar hinter seinem tresen, grinste breit. „eine wunderbare rede chef, genau das, was dieses ekelpaket braucht.“

„auch das wird den herrn nicht davon abhalten, für morgen wieder den allergrößten mist zusammenschmieren.“

„es gibt auch vernünftige zeitungen,“ antwortete der hauptmeister.

„natürlich, aber wer liest die schon?“

„mein frau,“ antwortete gebhardt.

„na wunderbar.“

„übrigens, chef, bevor ich´s vergesse, immer noch keine spur von unserem taucher, der bengel ist wie vom erdboden verschluckt.“

„oder vom wasser,“ unkte kieselbach. „wenn wir den knaben nicht bald finden, friert der sich zu tode. in südostasien herrschen andere temperaturen, wenn ich richtig informiert bin.“

„jau, die brauchen keine langen textilien,“ antwortete gebhardt und zog die röhren seiner uniformhose hoch. leicht angegraute, knöchellange unterhosen erblickten das neonlicht der dienststube.

„sexy,“ lobte lukas kieselbach. „liegt sonst noch was an?“

„scholz ist zum arzt mit seinem veilchen. ich kann dir sagen, dieser kleine wicht hat ihm ein ganz schönes ding verpasst.“

„tja, das kommt davon, wenn man die kleinen unterschätzt,“ antwortete der dienststellenleiter. „bestell´ scholz trotzdem gute besserung, wenn er wieder aufkreuzt; ich fahr rüber zu totzke. und alle anderen bleiben am ball. keiner geht mir nach hause, bevor wir den meisterschwimmer haben. und wenn, dann sofort ab in die poliklinik mit ihm, klar?“

„poliklinik und dann lange unterhosen,“ antwortete gebhardt.

„aber saubere.“

„ehrensache.“

die schöne elvira

der neue tag war keine spur schöner als der letzte. es hatte die ganze nacht durchgeregnet und auch jetzt, um halb neun, hing der himmel direkt in den nackten baumkronen. laut wetterbericht sollte es für die nächsten tage so bleiben.

der entwischte vietnamese war immer noch entwischt, trotz einer großangelegten fahndung und intensiver mitarbeit der presse. bei solchen sachen konnte man sich auf die damen und herren redakteure verlassen, denn sensationen, auch kleine, wurden dankbar in jedem programm aufgenommen.

zur abwechselung hatte sich kieselbach per dienstwagen auf den weg nach leipe gemacht, eine ziemliche gurkerei ab boblitz, über eine schmale, holprige straße, von der man besser nicht abkam, denn im weichen untergrund links und rechts neben dem fahrdamm konnte man sich mit etwas pech in sekundenschnelle festfahren.

die beiden flügel des eingangstores schwangen automatisch zurück und der kommissar rollte mit seinem dienstwagen über den gewundenen kiesweg bis vor die ehemalige stasi land-residenz. hierhin hatten sich, meist an wochenden, die oberen der ehemaligen staatssicherheit aus cottbus abgesetzt und ihre gäste empfangen, die dann in der alten lindenmühle logierten, die man ende der sechziger jahre auf staatskosten in ein erstklassiges hotel umgebaut hatte. von dem, was sich dort, auf dem abgeschirmten grundstück hinter backsteinroten mauern abgespielt hatte, existierten nur noch legenden. nichts genaues wusste keiner, doch es war allgemein bekannt, das die stasi regelmäßige jagdpartien durch den wald schickte und anschließend orgien und wüsten saufgelage in leipe stattfanden; außerdem, so wurde erzählt, hatten hier über jahre hinweg hochnotpeinliche verhöre an ausgesuchten republikfeinden stattgefunden, unter verwendung ausgesuchter foltermethoden. augenzeugen gab es allerdings nur für die jagdpartien und saufgelage.

elvira grigoleit, den jagdhund am halsband haltend, empfing ihren besucher ganz in schwarz gekleidet und mit einem fragenden blick.

„was kann ich für sie tun?“ erkundigte sie sich mit einem unterton, der erahnen ließ, das sie eigentlich nichts für die polizei tun wollte.

durch die hohen wipfel der kahlen herbstbäume schimmerte ein kalter mond und auf dem hölzernen steg neben der villa hockten friedlich nebeneinander aufgereiht ein gutes dutzend stockenten, um sich für die lange nacht einzurichten.

„es gäbe da noch ein paar kleine fragen,“ antwortete der beamte, „aber nur, wenn sie sich dazu in der lage fühlen.“

„als ob es darauf jetzt noch ankommt,“ antwortete die witwe leicht verbittert. „wissen sie, den ganzen tag über haben mich irgendwelche leute sprechen wollen, pressemenschen, geschäftspartner und bekannte meines mannes, so als wäre sein ableben lediglich ein medienereignis oder eine geschäftliche maßnahme.“

„ich werde mich so kurz wie möglich fassen,“ versprach der polizist und betrat ein zweites mal das wohnzimmer des passionierten jägers.

„wissen sie irgendetwas über das testament ihres mannes?“

„wieso, spielt das eine rolle?“

„kommt darauf an,“ antwortete der kommissar offen. „manchmal stellt sich heraus, das man mit trivialitäten komplizierte fälle lösen kann.“

die witwe zuckte mit den schultern. „wir werden die testamentseröffnung abwarten müssen, aber ich denke nicht, das wir da überraschendes erleben werden."

„das heißt, sie sind die universalerbin."

„das hört sich gerade so an, als hätte ich selbst meinen mann umgebracht."

„gott bewahre." kieselbach hob abwehrend die hände. „ihr mann wurde aus großer entfernung mit einem großkalibrigen gewehr erschossen. das dürfte sie als täter doch wohl ausschließen."

„wenn sie das sagen," antwortete frau grigoleit tonlos.

„denken sie, das ihre tochter auch berücksichtigt wird im testament?"

„machen sie sich nicht lächerlich, herr kommissar. meinen sie im ernst, das steffi deswegen ihren vater ermordet hat?"

„natürlich nicht," gab kieselbach zurück. „wir versuchen nur, uns ein möglichst komplettes bild zu verschaffen. irgendwo muß schließlich ein ende sein, das uns zum mörder führt."

„dann stellen sie in zukunft nicht derartig zweideutige fragen," erklärte die witwe. „steffi hat mit dem mord genau so viel zu tun, wie ich. außerdem hatte mein mann ihr in der letzten zeit ohnehin schon einige wesentliche dinge überschrieben."

„was für dinge?"

„na ja, irgendwelche immobilien."

„und wo?"

„wahrscheinlich hier in leipe oder lübbenau. wenn sie genaueres wissen wollen, dann fragen sie meine tochter oder den notar."

„wir haben inzwischen in erfahrung gebracht," fuhr lukas kieselbach etwas umständlich fort während der jagdhund an seinen schuhen schnüffelte, „wir haben inzwischen in erfahrung gebracht, das sie sich von ihrem mann scheiden lassen wollten. ist das korrekt?"

„ach gott, diese alte platte." die witwe fuhr sich mit beiden händen durch die flachsblonden haare. „das leben mit meinem mann war kein zuckerschlecken, das weiß jeder hier. gut, materiell bin ich wahrscheinlich zu beneiden, aber ansonsten? paul war in erster linie geschäftsmann, das war seine welt. sein zweites hobby sehen sie hier." nicht sonderlich begeistert wies die hausherrin auf die zahllosen jagdtrophäen hin, die kieselbach bereits am frühen morgen begutachtet hatte, tote produkte einer ausgeprägten leidenschaft. „das sind nicht die rahmenbedingungen, von denen man als frau unbedingt träumt."

„mit anderen worten, über kurz oder lang stand eine scheidung an?"

„sind sie verheiratet?" fragte die witwe zurück.

„noch nicht," antwortete der kommissar wahrheitsgemäß. er war seit fünfzehn jahren quasi verlobt, aber da seine zukünftige in berlin arbeitete, weil jobs im spreewald dünn gesät waren, lagen die ehepläne bereits seit jahren auf eis.

„dann werden sie meine erfahrungen wahrscheinlich noch machen," erklärte die dame ohne begeisterung. „ehe ist ein ständiges auf und ab an gefühlen. es gibt schöne momente aber manchesmal möchte man auch die brocken einfach hinwerfen; und dann geht´s plötzlich wieder. – und vor dem allerletzten schritt schreckt man natürlich oft und sehr lange zurück."

„hat es einen aktuellen anlaß für ihre scheidungspläne gegeben?"

„wie meinen sie das?"

„lassen sie mich es so sagen," lukas kieselbach kratzte sich am hinterkopf, „gab es eventuell einen nachfolger für ihren mann?"

„ich glaube, ihre phanatasie geht mit ihnen durch, herr kommissar," erklärte die witwe kopfschüttelnd. „sind sie von natur aus so taktlos oder bringt das ihr beruf mit sich?"

der beamte zuckte mit den schultern. „mord ist kein kavaliersdelikt, gnädige frau. da sind anschließend oft unangenehme dinge nötig."

„und sie meinen, diese frage gehört dazu?"

„unter anderem."

„aber ich muß sie nicht beantworten, oder?"

„sie müssen nicht," antwortete der uniformierte wahrheitsgemäß. „sie können jederzeit die aussage verweigern."

„dann werde ich das jetzt auch tun."

„wie sie möchten. es kann allerdings sein, das wir auf diesen punkt später noch einmal zu sprechen kommen."

„und dann werden sie die gleiche antwort bekommen," gab die witwe lakonisch zurück. sie beugte sich ein klein wenig nach vorn und blickte ihrem besucher direkt in die augen. „finden sie den mörder meines mannes. dafür bezahlt man sie; und nicht dafür, in der wäsche anderer leute herumzuschnüffeln."

„sie glauben gar nicht, was man da alles findet," antwortete der kommissar, setzte seine dienstmütze auf und erhob sich.

„wenn man bei den richtigen leuten sucht." antwortete die witwe. „hier sind sie an der falschen adresse. es gibt genug kandidaten, die mehr motive hatten, meinen mann loszuwerden als ich."

„wer zum beispiel?"

„hubert smoyzin, mein schwager, zum beispiel."

„der bootsverleiher?"

„genau der."

„und warum?"

„das wird ihnen mein famoser schwager besser selbst erklären."

„eine ziemliche anschuldigung aus ihrem munde," sagte der kommissar.

die witwe zuckte mit den achseln. „jeder muß sehen, wo er bleibt."

das tor nach draußen öffnete sich ein zweites mal automatisch; kieselbach bog rechts ab und parkte an der einzigen bushaltestelle in leipe. per funk setzte er sich mit minkner in verbindung.

„hör zu, alter junge, du lässt jetzt alles stehen und liegen und besorgst in cottbus sofort eine genehmigung zur telefonüberprüfung."

„wie, du willst wanzen setzen?" fragte minkner ungläubig.

„quatsch, ich möchte nur wissen mit wem paul und elvira grigoleit, sagen wir, in den letzten drei monaten so alles telefoniert haben."

„ach so, eine popelige telefonliste."

„genau."

„außerdem brauchen wir einen haussuchungsbefehl für grigoleits villa."

„und mit welcher begründung soll ich den herrschaften in cottbus diese genehmigungen aus den rippen leiern?"

„erzähl von mir aus, das wir nicht nur einem mörder sondern einer heißen stasi-sache auf der spur sind. das dürfte die sache erheblich beschleunigen. unser verehrter doktor metzger liebt solche fälle."

„und wir lieben doktor metzger," knurrte minkner.

der schwager

smoyzins grundstück und bootsverleih lag strategisch günstig, direkt im größten knick der einspurigen dorfstraße, knapp hundert meter entfernt von der hauptspree, so das jeder, der ein kajak oder kanu mieten wollte, quasi direkt in den laden hineinfuhr. und alle jene, die nicht daran gedacht hatten, den spreewald mit eigener muskelkraft zu erkunden, wurden durch die unübersehbare, bunte reklametafel auf die entsprechende idee gebracht.

vorsichtig parkte schmitz den dienstwagen auf dem leicht morastigen parkplatz vor dem verleih.

„das mit dem knöllchen läuft also in calau auf, oder?" erkundigte er sich bei seinem dienstellenleiter.

„stimmt, die autobahnpolizei sitzt mitten in calau."

„und glauben sie, das die mit sich reden lassen?"

„schwer zu sagen," antwortete sein chef. „wir sind zwar bürger in uniform wie die herrschaften in calau, aber in erster linie bürger."

„ich meine, wenn wir eine dienstfahrt aus der sache gestern machen, dann bin ich doch aus dem schneider, oder?"

„war ja auch eine dienstfahrt, herr kollege, aber für ganz normale dienstfahrten gelten die ganz normalen regeln der straßenverkehrsordnung."

„und wenn ich angebe, das wir einen absolut dringenden einsatz hatten?"

„um eine leiche zu besuchen?" erkundigte sich kieselbach skeptisch.

„ich meine ja bloß," maulte der neue.

„sie können ihr glück gerne bei den kollegen von der autobahnpolizei probieren. bin gespannt, was die ihnen erzählen."

smoyzin hatte die zwei beamten kommen sehen und öffnete ihnen eine der beiden schiebetüren zu seinem riedgedeckten bootshaus. innen lagerten dutzende von booten der unterschiedlichsten art und länge in ihren genau bemessenen halterungen. nur eines, mit einem feinen aber fingerlangen riß im rumpf lag auf einem hölzerenen bock.

„es gibt nichts, was die leute nicht kaputtkriegen," erklärte der bootsverleiher missmutig und deutete auf den schaden. „das sind fünf bis sechs millimeter polyäthylen, eigentlich nicht kaputtzukriegen, aber diese sonntagspaddler würden selbst einen flugzeugträger vesenken."

kieselbach nickte wortlos. einige von diesen bruchpiloten, die es geschafft hatten, eines dieser soliden plasteboote gründlich zu demolieren, hatte er selbst aus dem wasser geholt.

„aber wahrscheinlich sind sie nicht hier, um mit mir über boote zu plaudern," fuhr der bootsverleiher fort. „es geht um meinen schwager, stimmt´s?"

„genau," erklärte schmitz forsch. „wann haben sie herrn grigoleit das letzte mal gesehen?"

„gestern abend, so gegen sechs. er war gekommen, um zwei kanus für´s wochenende zu bestellen, für irgendwelche besonderen gäste."

„hatten sie ärger mit ihrem schwager?" fuhr der neue fort.

„wie meinen sie das, ´ärger´?" erwiderte smoyzin und begann seine reparatur fortzusetzen.

„so wie ich es sage, hatten sie streit oder ärger mit ihrem schwager?"

„nennen sie mir einen, der keinen ärger mit paul hatte," lautete die ausweichende antwort.

„könnten wir das etwas genauer haben?"

„jetzt tun sie nicht so, als ob sie nicht im bilde wären, herr kommissar. jeder im ort weiß doch bescheid über die schweinerei."

„aus ihrem mund klingt die sache authentischer,“ antwortete lukas kieselbach, der wirklich nicht wusste worauf sein gegenüber anspielte.

„wie sie wollen,“ erklärte der bootsmann und legte seine klebepistole beiseite. „der gute paul hatte mit ein nettes ultimatum gesetzt; entweder ich überschreibe das grundstück und den bootsverleih an ihn, oder er schüttet mir den wasserweg zu meiner anlegestelle zu. ich hätte dann hier wunderbar auf dem trockenen gesessen und mein lieber schwager hätte am anderen ende einen eigenen bootsverleih eröffnet.“

„damit hat er ihnen tatsächlich gedroht?“

„für ihn war das keine drohung, sondern eine geschäftliche maßnahme.“

„und, hätte er diese ´geschäftliche maßnahme´ auch wahr gemacht?“

„klar doch. schauen sie sich doch mein grundstück an. ich liege hier genau 120 meter entfernt von der hauptspree und der graben bis dahin ist künstlich angelegt. dummerweise gehören die letzten fünfzig meter zum wasser hinunter nicht mir. bis vor ein paar jahren saß der alte bruns auf diesem land, aber dann hat er plötzlich an meinen schwager verkauft. zuerst habe ich gedacht, das wäre ein vorteil für mich. bis vor knapp vier wochen.“

„und warum haben sie selbst diese paar meter nicht gekauft?“

„na ja, es gab nie probleme zwischen onkel edgar und mir, ich habe ihm jährlich einen obulus für die grundstücksbenutzung bezahlt und die sache hatte sich.“

„ziemlich kurz gedacht,“ murmelte der kriminalist.

„hinterher ist man immer schlauer,“ maulte der bootsverleiher.

„das heißt, ein paar wagenladungen dreck in ihren schönen graben und sie sind komplett vom wasser abgeschnitten?“ erkundigte sich schmitz.

„sie haben es erfasst.“

„nicht schlecht,“ murmelte der kommissar, „aber wäre das wirklich passiert? ich meine, sie sind doch kein normaler konkurrent, sie gehören doch zur familie.“

„sie hatten wohl noch nie mit meinem schwager zu tun?“ erkundigte sich smoyzin mit einem breiten grinsen. „der würde sich selbst verkaufen, wenn der preis stimmt. – gut, ich hätte als geschäftsführer in seinem bootsverleih anfangen können, aber auch nur, weil meine frau ihm deswegen lange genug in den ohren gelegen hat.“

„und die stadt hätte nichts dazu gesagt, das ihr schwager einfach einen funktionstüchtigen und notwendigen graben zuschüttet?

„die stadt?“ der bootsverleiher winkte ab. „die damen und herren bürokraten sind doch allesamt nach seiner pfeife getanzt, allen voran unser ach so unabhängiger bürgermeister.“

„sie meinen zumdick?“

„genau der. waren doch inzwischen dicke freunde, mein schwager paul und der feine herr politiker; immer zusammen auf jagd und so weiter.“

„ernsthaft?“

„wenn sie wollen, dann fragen sie doch meine frau, die wird ihnen jedes wort bestätigen.“ smoyzin dreht sich und machte anstalten zu gehen.

„nicht nötig.“ kieselbach winkte ab. „ich glaub´ ihnen auch so. nur eine frage noch, - wann wäre dieses ultimatum abgelaufen?“

„wenn sie´s genau wissen wollen, übermorgen.“

„na, das passt ja prima,“ rutschte es schmitz heraus.

„was wollen sie damit sagen?“ fauchte der bootsverleiher.

das schwergewicht aus dem rheinland bekam einen roten kopf und blickte hilfesuchend auf seinen chef.

„na ja,“ murmelte dieser. „schlichtere gemüter könnten bei dieser sachlage eventuell dunkle zusammenhänge vermuten.“

„glauben sie etwa, ich habe meinen schwager hinterrücks über den haufen geschossen?“

„wir glauben nur an das, was wir wissen und sonst gar nichts,“ antwortete der kommissar.

„meine frau wird ihnen bestätigen, das ich in der mordnacht das haus nicht verlassen habe,“ schnaufte der schwager des ermordeten. „und außerdem, da sind noch einige, denen der liebe paul noch ganz anders mitgespielt hat. fragen sie doch mal totzke vom dorfkomitte. bei den herrschaften ging´s um was ganz anderes als um meinen mickrigen bootsverleih. da standen dutzende von existenzen auf dem spiel. und unserem kahnverein hätte das wasser doch auch bis zum hals gestanden, wenn der gute paul alle seine hochfliegenden pläne umgesetzt hätte.“

„welche pläne?“ erkundigte sich der kommissar.

„lebt ihr bei der polizei auf dem mond, oder was?“ schimpfte der bootsmann. „mein schwager hätte doch den ganzen ort hier umgekrempelt, mit einem eigenen hafen hinter seiner famosen lindenmühle und einem jagdkino daneben.“

„einem jagdkino?“ fragte der kommissar. „was soll das denn sein?“

„na ja, ein kino. nur werden da keine richtigen filme gezeigt. stattdessen laufen da wildschweine und hirsche über die leinwand und auf die kann man mit lasergewehren schießen. mehr weiß ich auch nicht.“

„und sowas wollte ihr schwager hier bauen?“

„wenn sie mir nicht glauben, fragen sie meine frau; die wird ihnen jedes wort bestätigen,“ antwortete der bootsverleiher.

bei totzke

kieselbach und schmitz ließen ihren dienstwagen auf smoyzins gelände stehen und nahmen den fußweg richtung wasser. auf dünnen holzstegen überquerten sie zwei nebenarme der hauptspree und erlebten den ort von seiner vorderseite, denn die meisten der alten häuser und gehöfte waren mit ihrer front und den zugängen zum fluß hin ausgerichtet, der ursprünglichen verkehrsader des dorfes. die straße zum festland war erst in den sechziger jahren des letzten jahrhunderts gekommen und wer auf ihr in den ort kam, erlebte ihn hauptsächlich von der rückseite.

die beamten passierte auf ihrem nicht sonderlich langen weg ein gutes dutzend abgeernteter nutz- und obstgärten, die ihren teil zur selbstversorgung ihrer besitzer beitrugen. zwischen den grunstücken liefen entweder morastige gräben oder windschiefe, angerostete maschendrahtzäune, durch die nachts bisamratten oder fischotter strichen, auf ihrer notorischen suche nach leichter beute. die abstände zwischen den ärmlichen, verbauten backstein- und blockhäusern mit märchencharakter waren zum teil beträchtlich, denn grund und boden gab es genug für all jene, die noch geblieben waren, nach der wende. was fehlte war arbeit. diesen ort umzukrempeln, wäre ein verbrechen, dachte lukas kieselbach.

totzke wohnte in einem soliden, anderthalbstöckigen riedgedeckten hofhaus nahe der kreuzung jurks-fließ und sapolla, ein schmales fließ, das nördlich von leipe durch die flachen gurken- und meerrettich-felder schnitt.

totzke und sein sohn bewohnten die linke hälfte des gebäudes, die rechte war für touristen reserviert, eine einnahmequelle, auf die vater totzke dringend angewiesen war, denn trotz der knapp zwanzig jahre, die er in der braunkohle zugebracht hatte, war die jetzige rente alles andere als üppig. er war noch vor der wende, krankheitsbedingt, ausgeschieden, kurz bevor der westen kam, die braunkohle dichtmachte und alle entlassenen mit großzügigen renten und abfindungen in den ruhestand schickte. und die zusätzlichen kahnfahrten mit touristen quer durch den wald hatten vor fünf jahren ein plötzliches ende gefunden, nach einer heftigen rheumaattacke in totzkes linker schulter. seit dieser zeit hatte der pensionär den vorsitz des dorfkomittes inne, denn totzke-senior war alles andere als auf den kopf gefallen. zu ddr-zeiten hatte er jura studiert aber nie praktizieren dürfen, weil er direkt nach studienende aus der partei ausgetreten war. im gegenzug hatte man ihn als ungelernte kraft in die braunkohle abkommandiert und zwar dahin, wo leute landeten, denen der staat in noch gebremster form seine allmacht zeigen wollte.

mit einiger sicherheit wäre totzke dort körperlich und geistig schnell vor die hunde gegangen, doch weil seine kollegen und vorgesetzten schnell herausfanden, das der neue ihnen mit erstklassigen und kostenlosen juristischen ratschlägen jederzeit helfen konnte, hatte er dreißig lange jahre in dreck, hitze, kälte und lärm einigermaßen überstanden.

„ich kann mir schon denken, was sie zu uns in die wildnis führt," sagte der studierte jurist freundlich und deutete den polizisten an, einzutreten. „sie suchen grigoleits mörder, stimmt´s?"

„glauben sie nur nicht, das uns das spaß macht," antwortete der kommissar ausweichend. mit gebeugten köpfen betraten kieselbach und schmitz den wohnraum. die decke war niedrig und wurde von zwei massiven, schwarzen eichenbohlen getragen; der boden war hochglänzend versiegelt und bestand aus massiven, zimmerlangen warmgelben bucheplanken. an den schmalen, altweiß gestrichenen holzwänden hingen ein gutes dutzend vergrößerter kopien alter landschaftsaufnahmen und der klobige, gußeiserne kanonenofen in der ecke hinter der tür war noch immer die einzige wärmequelle für den raum. das mit dunkelgrünem samt bespannte sofa stammt wahrscheinlich aus kaisers zeiten und der schmale, hohe tisch davor mit sicherheit auch. die vier hochlehnigen holzstühle drumherum kamen allerdings aus unterschiedlichen epochen und werkstätten.

„sie haben sich den beruf selbst aussuchen dürfen," antwortete der alte mann, mit einiger verspätung, allerdings ohne vorwurf in seiner stimme. „in meiner jugend war das nicht so ohne weiteres möglich."

„ich wollte mich auch nicht beklagen," lenkte der polizist ein. „aber in einem mordfall zu ermitteln, nervt ziemlich. die meisten leute, die man befragt, fühlen sich sofort angegriffen."

„na ja, der ein oder andere hat vielleicht auch grund dazu, nervös zu werden," erklärte der weißhaarige jurist. „ich muß zugeben, das meine weiße weste in diesem mordfall durchaus einige moralische flecken aufweist. paul grigoleit und ich waren keine freunde."

der jurist blickte offen in das erstaunte gesicht seines gegenüber und lächelte. „wissen sie, herr kommissar, es hat gerade in der letzten zeit sehr oft momente gegeben, da habe ich diesem herrn grigoleit die pest an den hals gewünscht und schlimmeres, aber es ist, gottseidank, immer bei den gedanken geblieben."

„und warum gerade in letzter zeit?"

„ach gott, wissen sie, paul grigoleit war seit jahren dabei, das ganze dorf umzukrempeln, im alleingang und ausschließlich nach seinen vorstellungen. um die meinungen der anwohner und des dorfkomitees scherte er sich dabei nicht im geringsten. und gerade in den letzten monaten hatten sich seine aktivitäten nochmals erheblich verstärkt. "

„um was ging es konkret?"

„wenn ich ihnen das im detail erzähle, sitzen wir nächste woche noch hier," sagte der ehemalige jurist. „mir macht das nichts aus, aber ich denke, ihre zeit dürfte sehr begrenzt sein."

„leider."

„gut, dann werde ich versuchen, ihnen ein paar prägnante beispiele zu geben." der alte mann, der bisher gestanden hatte, setzte sich in einen kleinen, leicht knarrenden schaukelstuhl am fenster und begann zu erzählen.

„begonnen hat alles mit seinen hotelbauten. zwei mal mehr als dreißig gästezimmer ohne jede baugenehmigung direkt hier im ort. eigentlich ein ding der unmöglichkeit, aber grigoleit hat´s hinbekommen, mit dem nachträglichen segen der kommune unter dem hinweis auf die beachtlichen steuereinnahmen für die allgemeinheit. jeder andere, der hier in leipe nur versucht einen hundezwinger zu bauen, hat sofort das bauamt am hals, mit tausend formularen und auflagen. am ende schaffen die meisten ihre hunde ab"

„gut," wandte der polizist ein," aber diese sache ist doch inzwischen schon schnee von gestern."

„genau, vor der macht des faktischen knicken auch behörden ein, vor allem wenn es sich bezahlt macht," erwiderte der verhinderte jurist. „aber diese bauten waren erst der anfang und man hätte gewarnt sein müssen; aber wir vom dorfkomitee haben damals ziemlich blauäugig gedacht, das war´s, schwamm drüber. leider haben wir uns alle gründlich verkalkuliert."

„inwiefern?"

„na ja, vor knapp einem halben jahr wurde bekannt, das grigoleit die große festwiese genau am ortseingang gekauft hat."

„von wem?“

„vom alten konzack. fragen sie mich nicht, wie grigoleit die sache hinbekommen hat, keine ahnung; fakt ist, konzack hat an grigoleit verkauft und damit waren unsere pläne zur dorferhaltung gründlich im eimer.“

„soweit ich informiert bin, hat die gemeinde bei allen landverkäufen im wald ein vorkaufsrecht, oder?“

„absolut richtig, herr kommissar; eigentlich hätte das bauamt in lübbenau dieses grundstück für die allgemeinheit sichern müssen.“

„und wieso ist das nicht passiert?“

„tja, das ist eine ausgezeichnete frage. stellen sie die doch mal dem bauamt oder unserem herrn bürgermeister. vielleicht haben sie mehr glück; wir warten immer noch auf eine plausible antwort aus dem rathaus.“

„mit anderen worten, die familie grigoleit besitzt jetzt so ziemlich alle wesentlichen grundstücke im dorf?“

„genau, sieht man mal vom ´spreewaldhof´ und vom fährhafen ab.“

„kann man das mit der festwiese nicht irgendwie rückgängig machen, ich meine, mit juristischen mitteln?“

„gar nicht nötig,“ antwortete der gelernte jurist. „grigoleit hat von sich aus angeboten, das grundstück zurückzugeben.“

„wie, aus freien stücken?“ erkundigte sich schmitz verwundert. „vermutlich mit erheblich gewinn?“

„nein, nein,“ totzke schüttelte den kopf. „lediglich zum einkaufspreis.“

„moment,“ sagte kieselbach, „da komm ich jetzt nicht ganz mit. grigoleit hat ein weiteres traumgrundstück an land gezogen und gibt es dann einfach so und ohne jeden gewinn an die stadt zurück?“

„sehen sie, so war paul grigoleit, - immer noch einen trick im ärmel, den selbst die polizei nicht kennt.“ der alte mann lächelte verschmitzt, so als würden ihn die aktivitäten seines ehemaligen widersachers tatsächlich amüsieren. „also, der gute paul hatte sich die sache wie folgt vorgestellt. die dorfgemeinschaft bekommt das grundstück zum selbstkostenpreis zurück. im gegenzug erklärt sich die gemeinde bereit, die schmale brücke am ortseingang zu erweitern, vor grigoleits hotelkomplex entstehen zehn busparkplätze sowie fünfzig dauereinstellbuchten für pkw. außerdem darf er am der lindenmühle einen eigenen kahnfährhafen mit allem drum und dran anlegen."

„nicht schlecht ausgedacht," gestand kieselbach ein.

„stimmt, mit diesem winkelzug war dann grigoleits erster gegner, nämlich der kahnverein so ziemlich erledigt. als zugabe verlangte der feine herr die baugenehmigung für eine art kino auf seinem grundstück, eine riesige halle, exklusiv für seine jägerfreunde, mit einen hubschrauberlandeplatz oben auf dem dach, damit besonders wichtige gäste aus berlin und anderswo, nach feierabend mal eben ein stück wild abschießen können."

„schon gehört." der kriminalist ziemlich ernüchtert. „sonst noch was?"

„sicher." der alte nickte. „für den fall, das man seinen wünschen nicht nachkam, beabsichtigte grigoleit die gesamte festwiese entweder zu fluten oder beim land fördermittel für einen freizeitpark zu beantragen; und wenn man sieht, welchen unsinn brandenburg in der vergangenheit gefördert hat, lausitzring, cargolifter und chipfabrik, mussten wir hier mit dem schlimmsten rechnen."

„sie meinen, entweder den halben ort unter wasser oder disneyland für arme?" fragte schmitz.

„exakt," antwortete der alte jurist. „wir standen quasi vor der wahl zwischen hängen und erschießen."

„hut ab." schmitz machte dicke backen und ließ luft ab. „der herr verstand sein geschäft."

„und wenn man darüber hinaus die richtigen politischen beziehungen hat, läuft fast alles," antwortete totzke. „unsere pläne zur dorfsanierung auf spreewaldtypische art mit einem verträglichen tourismus verschimmeln seit jahren auf dem bauamt. alles nicht spektakulär genug."

„wieso sind sie eigentlich so gut über grigoleits pläne informiert?" erkundigte sich kieselbach. „er wird ihnen das ganze doch nicht zur prüfung auf den tisch gelegt haben?"

„na ja, einiges spricht sich halt rum, der bauausschuß ist auch kein gremium schweigender mönche," antwortete der ehemalige braunkohlemann. „außerdem, elvira grigoleit ist meine cousine."

„ihre cousine?" kieselbach machte ein erstauntes gesicht.

„sicher," der alte mann nickte. „hier in leipe sind wir doch fast alle miteinander verwandt."

„ich wußte nicht, das frau grigoleit aus leipe stammt."

„doch, direkt von hier. eine geborene totzke."

„ach so, totzke," sagte der kommissar und winkte ab. was den namen ´totzke´ betraf, verschwammen verwandtschaftliche beziehungen im spreewald sehr leicht, denn ´totzke´ war in dieser gegend kein name sondern ein sammelbegriff. „und wann war die dame das letzte mal hier?"

„vor knapp zwei wochen."

„aus irgendeinem besonderen grund?"

„nein, nicht das ich mich erinnern könnte; sie kam einfach vorbei und wir haben gequatscht, einfach so."

„obwohl sie mit ihrem mann im clinch lagen?"

„warum nicht? ich hatte ärger mit ihrem mann, aber nicht mit ihr; wir kennen uns schließlich, seitdem sie auf der welt ist. außerdem ist sie danilos patentante."

„so klein ist die welt," murmelte der kommissar. danilo, totzkes sohn, war ungefähr in seinem alter und bis vor zwei jahren hatten sie zusammen fußball in der gleichen mannschaft in lübbenau gespielt.

„für manche ist sie offenbar zu klein," antwortete der alte herr.

„warum ist danilo damals eigentlich so plötzlich nach berlin gegangen?" erkundigte sich der kommissar. totzke-junior war ein erstklassiger mittelfeldspieler gewesen, laufstark, robust und mit einem feinen blick für seine mitspieler. das er damals ohne jede vorwarnung in richtung hauptstadt verschwand, war ein herber verlust für das team gewesen.

„tja, ganz einfach. damals begann grigoleit sich hier als platzhirsch aufzuführen; er hat den meisten fährleuten aus leipe anlegeverbot an seinen kneipen erteilt und danilo war natürlich sofort mit unter den auserwählten; im gegenzug hat grigoleit dann zwanzig andere fährleute angeheuert, irgendwelche absoluten anfänger, denen er alle fahrten zuschanzte. zum glück bekam danilo damals den job als geschäftsführer in der ´sorbenschänke´; aber knapp zwei monate später übernahm grigoleit den laden und hat das gesamte personal gefeuert. damit war danilo finanziell erledigt; denn was unsere vermietung und die landwirtschaft abwerfen, reicht nicht für uns beide."

„danilo ist immer noch in berlin?"

der alte mann nickte mit wenig begeisterung. „leider; erst hat er sich von job zu job durchgehangelt, aber anfang des jahres hat ´lidl´ ihm einen job angeboten, sehr gut bezahlt, mit dienstwagen zur privaten nutzung, aber zwölf bis vierzehn stunden am tag, inklusive samstags. der junge geht da langsam aber sicher vor die hunde. und wenn er jetzt nach hause kommt, dann höchstens mal für ein paar stunden am sonntag. aber meistens schläft er dann."

„eine letzte frage noch, herr totzke," kieselbach streckte seine beine und bereitete sich auf den abgang vor. „sie gehen immer noch zur jagd?

„selten." der alte braunkohlemann winkte ab. „meist nur noch aus gewohnheit und der alten freunde wegen. geschossen habe ich schon ewig nichts mehr. war nie mein ding, auf wehrlose tiere zu halten und abzudrücken."

„aber sie haben noch ein gewehr im haus?"

„natürlich," antwortete der alte mann. „aber ich versichere ihnen, aus dem ist seit jahren kein schuß mehr abgefeuert worden."

„kann ich die waffe mal sehen?"

„selbstverständlich," gab totzke zurück. „sie sitzen quasi drauf." mit seiner rechten hand zeigte er unter das kaisersofa. „vielleicht schauen sie selbst nach, ihre knochen sind noch besser in schuß als meine."

„kein problem." der kommissar bückte sich und tastete unter der chaiselongue nach der flinte. „da ist nichts," murmelte er nach gründlicher inspektion.

„muß da sein, herr kommissar, war immer da."

kieselbach und schmitz legten sich flach auf den boden und fanden nichts weiter als zwei ältere spinnennetze. „fehlanzeige, da liegt wirklich keine flinte."

totzke verließ seinen schaukelstuhl, ging langsam auf die knie und warf einen langen blick unter das sofa. „ich schwöre ihnen, die flinte hat immer da gelegen."

„was war das für eine waffe?" erkundigte sich der polizist.

„eine doppelläufige jagdflinte, eine uraltes hündchen, made in ddr und nicht für den export bestimmt. ich weiß gar nicht mal, ob das ding überhaupt noch funktioniert."

„welches kaliber?"

„9 x 63, so ungefähr das gängigste, was es gibt. ich kann ihnen die munition zeigen." der alte ging hinüber zum vertiko, öffnete den linken seitenflügel und kehrte mit einer packung munition zurück. „wie gesagt, 9 x 63.“

„wer wusste von dem aufbewahrungsort der schußwaffe?“

„tja,“ murmelte der alte jurist. „eigentlich nur ich und mein sohn; na ja, und elvira.“

„frau grigoleit?“

der alte mann nickte. „seitdem danilo weg ist, hat sie einen schlüssel zum haus, für den fall des falles. in meinem alter muß man mit dem unvorhergesehen rechnen.“

„könnte frau grigoleit mit einem solchen gewehr umgehen?“

„warum nicht?“ gab der alte mann ohne überraschung zurück. „vor ihrer hochzeit ist sie mit ihrem vater und ihren brüdern immer auf die jagd gegangen. später, mit ihrem mann und all seinen bekannten, wurde das ganze für sie viel zu viel theater.“

„interessant,“ murmelte der kriminalist.

„sie glauben doch nicht etwa, herr kommissar, das elvira ihren mann erschossen hat?“ der ex-jurist schüttelte energisch den kopf. „und wenn, dann hätte sie dazu bestimmt nicht meine uralt-flinte nötig gehabt. in ihrem eigenen haus stapeln sich jagdwaffen vom allerfeinsten.“

„sicher,“ antwortete der beamte ohne richtig zugehört zu haben. „wen ich jetzt bräuchte, wäre ihr sohn.“

„der ist zur zeit leider in urlaub.“

„wo?“

„in thailand.“

„auch nicht schlecht,“ antwortete der kommissar. „und seit wann?“

„er ist vorgestern morgen geflogen.“

„vorgestern erst.“ kieselbach stutzte. „haben sie die adresse?“

„ich nicht, aber bestimmt die leute im reisebüro.“

„dann besorgen sie bitte die adresse und rufen mich an."

„selbstverständlich, herr kommissar."

am hafen

holger sobierey, hoch wie breit und fast 150 kilo schwer, der geschäftsführer und hafenmeister der kahnfährleute von leipe, hockte in seinem winzigen, mit papieren und ordnern vollgestopften büro direkt neben der menschenleeren, streng rechteckigen wasserfläche von vielleicht 20 mal 30 metern, die hier im ort den titel ′hafen′ trug. sobierey war kahnfährmann aus liebe und landwirt aus not und wenn er etwas nicht mochte, dann war es papierkrieg. dementsprechend bunt sah es auf seinem schreibtisch aus. trotzdem hatten ihn die übrigen mitglieder des kahnvereins schon zum dritten mal hintereinander zu ihrem vorsitzenden gewählt, denn sobierey beherrschte sein chaos und war obendrein ein meister der improvisation, den nichts aus der ruhe bringen konnte.

während der saison fanden sich hier, vor der kleinen blockhütte, in der sich sobiereys büro und ein kiosk befanden, die touristen ein; jetzt, ende oktober, herrschte tristesse pur und die aussichten waren alles andere als rosig.

„also, was smoyzin sagt, stimmt," fasste der kommissar nüchtern zusammen, der dem schwergewichtigen fährmann gegenüber auf einem unbequemen hocker saß. „die sache mit der neuen brücke, diesem jäger-kino plus hubschrauber-landeplatz war also in trockenen tüchern?"

„so ziemlich," murmelte holger sobierey mit wenig begeisterung. als kahnfährmann war er eine echte stimmunskanone, doch momentan war ihm nicht nach späßen zumute. „letzte woche ist grigoleit hier im büro aufgetaucht und hat mir freudestrahlend die vorläufigen pläne präsentiert. alles nur vom feinsten.“

„grigoleit hat ihnen einblick in seine planungen gewährt?“ der kommissar staunte. „und warum, wenn ich fragen darf?“

„keine ahnung; vielleicht, um uns ordentlich angst zu machen. ist ihm auch ganz gut gelungen,“ antwortete der hafenmeister. „was sich grigoleit so vorstellte, war nämlich eine völlig neue hafenanlage unten an der lindenmühle, direkt vor unserer nase; alles auf alt und tradition gemacht, quasi spreewald de-luxe. und uns, den kaputten kahnverein, wollte er dann in ein oder zwei jahren komplett übernehmen, mit allem, was dazugehört.“

„nicht schlecht, herr specht,“ murmelte der kommissar.

„außerdem steht fest, laut grigoleit, das ihm die stadt zu der neuen brücke über kurz oder lang auch noch eine neue straße baut, schön breit und glatt, damit seine busse besser durchkommen.“

„gut, behaupten kann man viel,“ sinierte kieselbach. „es wäre schön zu wissen, was die stadt zu diesen dingen sagt.“

„genau mein gedanke,“ kam es trocken zurück. „nachdem grigoleit zur tür raus war, bin ich natürlich sofort ins rathaus.“

„und, schlauer geworden?“

„wie man´s nimmt. offiziell sind alle fraktionen gegen diese brückenerweiterung und die neue straße, völlig überflüssig, wahnsinn und so weiter; aber wenn man etwas genauer nachfragt, dann kriegt man sehr schnell raus, das auf dem bauamt bereits die fertigen pläne liegen, inklusive der rede für die einweihung.“

„tatsache?“

„auch wir haben unsere quellen.“ der koloß versuchte ein grinsen, das ihm aber nicht so richtig gelang. „allerdings, das hat mir grigoleit hoch und heilig versprochen, alle die bei ihm mitmachen, würden ihren job behalten, natürlich zu seinen konditionen; das waren seine letzten worte hier. aber wenn sie´s ganz genau haben wollen, erkundigen sie sich selbst im rathaus. ihnen müsste doch eine offizielle auskunft zustehen, oder?“

„ich glaub ihnen auch so,“ antwortete der kommissar. „fakt ist nur, das der kahnverein wahrscheinlich mit der größte nutznießer von grigoleits abgang ist.“

„hoffentlich,“ murmelte sobierey ohne jede betrübnis, „denn gegen seine projekte hätten wir auf lange sicht keine chance gehabt. der alte knabe hätte uns pulverisiert mit seinen immobilien und seinem kapital. vergleichen sie mal unseren holzschuppen hier mit der lindenmühle; das ist wie vitali klitschko gegen inge meisel.“

„stimmt leider,“ antwortete der kommissar.

„bei uns wären die lichter ausgegangen, wenn grigoleit seine sache genau vor unserer nase durchgezogen hätte. busverkehr bis nach leipe, direkt an unserer nase vorbei und die dicksten gaststätten an den fließen in seiner hand. da wäre vom großen kuchen nicht mehr viel übrig geblieben für uns.“

„wohl wahr.“

„es hätte natürlich besonders die erwischt, die fast ausschließlich von ihren kähnen leben, abgesehen von der einen kuh und dem bischen ackerland irgendwo im wald. und wenn du dann noch familie hast, bist du ganz schon in den arsch gekniffen.“

„mit anderen worten, grigoleit hat sich hier nicht viele freunde gemacht.“

„absolut richtig. und mit seiner idee von einer kurtaxe für den spreewald hätte er uns das nächste ei ins nest gelegt.“

„kurtaxe?“

„genau. grigoleit hatte angeregt, eine kurtaxe für den gesamten spreewald einzuführen. pro pensionsgast und übernachtung ein oder zwei euro extra als abgabe an die gemeinden. damit hatte er natürlich sämtliche fraktionen in allen rathäusern auf seiner seite.“

„und sie meinen, diese kurtaxe kommt?“

„so sicher, wie das amen in der kirche,“ knurrte sobierey. „oder haben sie schon mal von behörden gehört, die freiwillig auf einnahmen verzichten? und hier geht´s auf die lange sicht um millionen.“

„und wie denken sie über diese kurtaxe?“

der koloß zuckte mit den schultern. „wir, als kahnfährleute, haben damit wenig am hut, wir leben von tagestouristen und die sollten, nach grigoleits vorschlag von der taxe ausgenommen sein. aber die hotels und pensionen können ihren gästen in zukunft erklären, das sie zusätzlich geld für nichts abdrücken dürfen. durchaus möglich, das so mancher gast dann woanders hinfährt, wo er nicht zur kasse gebeten wird.“

„wegen zwei euro am tag?“

„na ja, für eine vierköpfige familie, die zwei wochen im spreewald bleiben will, sind das immerhin stolze 112 euro, auch kein pappenstiel.“

„so gesehen nicht gerade tourismusfördernd, was grigoleit da vorhatte.“

„kommt drauf an. für seine gäste hätte er die taxe natürlich großzügig übernommen, weil er sie unauffällig auf den zimmerpreis abwälzen kann; einfache pensionen könnten das spielchen natürlich nicht mitmachen.“

„auch nicht schlecht ausgedacht,“ musste der kommissar zugeben.

„grigoleit hatte nur solche ideen,“ knurrte der oberste kahnfährmann. „und nach seinem auftritt letzte woche war es ganz vorbei. okay, es gab natürlich gleich einige hier, die das lager gewechselt haben, aber ich könnte dir auf anhieb zwei dutzend potentielle täter nennen, mich eingeschlossen. und wenn einem von denen wirklich die sicherung durchgebrannt ist, dann prost mahlzeit."

„dann geben sie mir vorsichtshalber mal ihre mitgliederliste mit."

„im ernst?"

„im ernst," antwortete der kriminalist.

„wenn sie meinen, es hilft," antwortete sobierey achselzuckend. er wühlte im menü seines computers herum, warf den drucker an und sekunden später war lukas kieselbach um eine liste mit knapp fünfzig verdächtigen reicher.

„ach so, nur noch eine frage," sagte der kommissar als er schon wieder draußen auf dem nassen pflaster stand. „habt ihr eigentlich mal mit grigoleit über eine zusammenarbeit verhandelt?"

verwundert blickte der hafenmeister den polizisten an. „nö, nicht das ich wüsste."

„und warum nicht? hätte sich doch eigentlich angeboten, wenn man schon so dicht aufeinanderhockt, oder?"

„stimmt," antwortete der hafenmeister, „vielleicht hätte man sich mit etwas mehr hirn einigen ärger ersparen können."

bürgermeister zum zweiten

pünktlich um 16 uhr erschien der rathauschef auf der wache. zu kieselbachs überraschung hatte er am telefon ohne große vorrede vorgeschlagen dort zu erscheinen, vielleicht weil ihm die polizeibesuche in seinem dienstzimmmer nicht unbedingt angenehm waren.

wie am vortag machte zumdick einen forschen und leicht gestressten eindruck.

„wenn ich bitten darf, lassen sie uns die sache so schnell wie möglich hinter uns bringen, mein terminkalender kennt keine gnade,“ eröffnete er den beiden wartenden beamten.

„geht uns genauso,“ antwortete der dienststellenleiter und deutete seinem besucher an, auf einem der drei ergonomischen plastikstühle platz zu nehmen.

„gut, wir sollen uns jetzt nicht über die wertigkeit unserer termine streiten; mir wäre es lieber wenn wir direkt zur sache kommen könnten.“

„kein problem,“ antwortete der kommissar. „erste frage, wo waren sie in der mordnacht?“

„kann ich ihnen exakt beantworten.“ der rathauschef zückte sein terminbuch und blätterte nach. „von acht bis neun auf einer bürgerversammlung in boblitz, das können mindestens hundertfünfzig leute und einige pressevertreter bestätigen, anschließend war ich in leipe.“

„in leipe?“ erkundigte sich enderlein erstaunt. „und wo da genau?“

„im spreewaldhof.“

„und wie lange?“

„na, ich würde sage, vielleicht bis kurz vor mitternacht.“

„weshalb?“

„ein rein privates treffen.“

„mit wem?“ fragte der kommissar.

„tut das irgendwas zur sache?“ kam es unwirsch zurück. „sie sollten sich auf das wesentliche konzentrieren, sonst unterhalten wir uns gleich noch über meine schuhgröße.“

„okay,“ lenkte enderlein ein. „wie ging´s weiter?“

„wie ging´s weiter?“ äffte zumdick nach. „es ging überhaupt nicht weiter, sondern direkt nach hause, oder glauben sie, das um mitternacht hier im wald noch irgendwas läuft?"

„kann das auch jemand bestätigen?" erkundigte sich kieselbach.

„was? das ich nach hause bin?"

„zum beispiel," antwortete kieselbach.

„leider nein," kam es zurück. „meine frau schwirrt irgendwo in hamburg herum, auf irgendeiner messe. ich bin sozusagen strohwitwer. als täter, das darf ich ihnen versichern, hätte ich selbstverständlich für ein wasserdichtes alibi gesorgt."

„etliche straftaten werden aus einem plötzlichen impuls heraus verübt," dozierte der kommissar.

„nach mitternacht, bei bindfadenregen und im stockfinsteren wald. das lässt in der tat auf eine sehr spontane aktion schließen," erklärte der politiker mit gespieltem ernst. „sieht so das niveau aus, auf dem unsere polizei ermittelt?"

„man sollte auch einfache möglichkeiten nicht außer betracht lassen," antwortete der kriminalist.

„na ja, vielleicht sollte die polizei endlich lernen, zwischen einfach und dumm zu unterscheiden."

„warum?" fragte der kommissar. „die meisten mörder sind dumm, sonst würden sie nicht morden."

„donnerwetter," staunte der politiker, „aus welchem film haben sie denn diese tolle weisheit?"

„don camillo und pepone, da gibt´s auch einen oberschlauen bürgermeister, der am ende meist den kürzeren zieht."

„dieser herr war dummerweise kommunist und mit kommunismus können wir ihnen leider nicht mehr dienen."

„fein beobachtet," antwortete kieselbach, um nichts schuldig zu bleiben. „wissen sie, wie weit es schätzungsweise vom spreewaldhof bis zum fundort der leiche ist?"

„nicht weit,“ erklärte der politiker, „mit boot oder kahn ein paar minuten, zu fuß allerdings eine halbe ewigkeit.“

„nicht unbedingt, wenn man die wege kennt,“ bemerkte der kriminalist.

„wollen sie damit andeuten, das ich für diese beiden schüsse in grigoleits rücken verantwortlich bin?“

„lediglich eine kleine richtigstellung, herr bürgermeister, sonst nichts. auch wir machen unsere hausaufgaben.“

„na wunderbar, sonst noch fragen?“ der politiker machte anstalten sich zu erheben.

„nur ein paar marginalien,“ begann der kommissar. „können sie mir erklären, warum grigoleit zum beispiel bauen konnte, was er wollte?“

„so, konnte er das?“

„so wie es aussieht schon, denken wir nur an seine hotelanlage.“

„na und?“

„sechs gästebetten sind laut gemeindesatzung pro beherbergungsbetrieb erlaubt, mehr nicht,“ erklärte der kommissar. „soweit ich informiert bin, verfügt die familie grigoleit inzwischen über wesentlich mehr und die stadt hat nichts dagegen unternommen. wieso nicht?“

der bürgermeister machte eine wegwerfende handbewegung. „alles alte kamellen und längst verjährt. außerdem waren die verhandlungen vertraulich; und selbst politiker halten sich hin und wieder an ihre versprechen.“

„vor allem wenn´s gerade passt,“ antwortete der kommissar ungerührt. „wir können, wenn sie wollen, die staatsanwaltschaft offiziell um auskunft nachfragen lassen.“

„haben sie eigentlich nur mich im visier oder gibt es auch noch andere tatverdächtige?“ knurrte der bürgermeister.

„hätten sie da zufällig jemanden auf lager?“

„na, ihren feinen onkel edgar zum beispiel,“ kam es prompt zurück. „lässt sich von grigoleit das halbe grundstück abschwatzen, für einen fairen preis, wie er denkt, und wundert sich jetzt, das diese bettenburgen um sein häuschen herum stehen. und jedem, der es hören will erzählt der schlaumeier seit jahren, das grigoleit noch seine quittung dafür bekommen wird. reicht das für den anfang, herr kommissar?“

„sie hätten damals diese sauerei verhindern können.“

„quatsch,“ fauchte der bürgermeister zum ersten mal richtig verärgert zurück. „wenn leute hinter meinem rücken geschäfte manchen, weil sie sich für besonders clever halten, so wie ihr onkel, dann sollen sie für diesen schwachsinn auch die konsequenzen tragen und nicht hinterher jammern und dummes zeug erzählen. gewinne sind privat, verluste werden sozialisiert, oder was?“

„hat mein onkel denn gejammert?“

„nicht zu knapp, herr kommissar. tagelang ist er mir im rathaus auf die bude gerückt, als das kind im brunnen lag und hat rumgetobt wie rumpelstielzchen persönlich. ´das schwein bring ich um und sie gleich mit´, das waren seine sprüche.“

„scheint ja so einiges los zu sein in ihrer guten stube.“

„worauf sie sich verlassen können,“ antwortete der angesprochene. „das wahre leben tobt in den rathäusern und nicht auf den polizeiwachen, - da gibt´s den kalten rest.“

„gut, nächste frage. die stadt hat beim verkauf des festplatzes in leipe auf ihr vorkaufsrecht verzichtet? gibt es dafür einen besonderen grund?“

„sie meinen das ehemalige konzack-grundstück?“

„genau.“

„tja, in diesem fall die gleiche antwort wie vorhin, herr kommissar. ich bin politischer mandatsträger und in gewissen dingen niemandem auskunftspflichtig.“

„wir werden die angelegenheit überprüfen," antwortete kieselbach, „und zwar gründlich." im moment, musste er sich eingestehen, hatte er allerdings eine mächtige informationslücke. konnten lokalpolitiker verwaltungstechnische informationen zurückhalten oder nicht? ein blick ins strafprozessrecht war dringend nötig.

„tun sie sich keinen zwang an," konterte der politiker. „im übrigen, wenn es sie interessiert, wollte grigoleit dieses gerade erworbene grundstück an die stadt zurückgeben, davon haben sie sicherlich gehört, oder?"

kieselbach nickte zustimmend, sobierey hatte ihn ausführlich ins bild gesetzt. „soweit ich weiß, ist diese rückgabe aber an einige bedingungen geknüpft, oder?"

„keine rose ohne dornen, meine herren," antwortete der bürgermeister. „in der politik schon gar nicht. was wir machen ist die kunst des möglichen. traumtänzer und idealisten haben in der politik nichts verloren."

„bei der polizei erst recht nicht," konterte kieselbach.

„freut mich zu hören," erklärte der politiker.

„ich dachte, das hätten sie gewusst," setzte der kommissar nach und dieses mal blieb der oberste bürger der stadt eine antwort schuldig. „eine dieser dornen wäre zum beispiel dieses jagdkino gewesen. hätte die stadt wirklich ihre zustimmung zu einem derartigen projekt in leipe gegeben?"

„grigoleit führt laufend irgendwelche jagdpartien durch, ist sein geschäft. warum sollte er diese geschäftsidee nicht ausbauen?"

„mit einem jagdkino?"

„das macht ihn saisonunabhängig und jeder kann üben, soviel er will."

„jeder?"

„natürlich nur jäger oder ähnlich lizensierte schützen."

„und wie hat man sich das ganze vorzustellen?"

„ziemlich einfach," antwortete der rathauschef. „sie bauen eine halle mit einer riesen leinwand; auf die projizieren sie irgendwelche filmszenen mit tieren, wildschweine, rehwild, von mir aus auch löwen. und auf diese ziele kann dann mit einem speziellen lasergewehr geschossen werden, und sieh sehen sofort, wo der schuß saß."

„sagenhaft."

„genau. und alles völlig unblutig und sauber."

„auf welche entfernung wird gefeuert?"

„na ja, dreißig oder fünfzig meter."

„das heißt, es steht dann eine dreißig oder fünfzig meter lange halle in der gegend herum."

„richtig, aber von dieser gegend haben wir mehr als genug."

„das sagen sie," anwortete der kriminalist.

„natürlich, irgendwie muß es schließlich weitergehen," gab der rathauschef zurück. „wir sind vor einiger zeit in der nähe von paderborn gewesen und haben uns so ein jagdkino angeschaut. der laden brummt, fast rund um die uhr und das sieben tage die woche; und alle machen ihren schnitt, auch die gemeinde." zumdick grinste. „sie werden es nicht für möglich halten, aber selbst das bundeskriminalamt schickt seine leute zu schulungen in diese halle."

„das bundeskriminalamt?"

„regelmäßig und exklusiv. ihre kollegen bekommen dann eigens gedrehte filme von bankeinbrüchen und entführungen eingespielt und können hemmungslos gangster und terroristen jagen. das lässt sich vater staat einiges kosten. das geschäft könnten wir genauso gut machen.

„das sind natürlich argumente," antwortete der kommissar unbewegt. „dann wäre eine kurtaxe für touristen wohl überflüssig, oder?"

„welche kurtaxe?"

„wenn ich richtig informiert bin, hat grigoleit kurz vor seinem ableben noch vorgeschlagen, alle übernachtungsgäste im spreewald mit einer kurtaxe zu belegen.“

„na und? was hat das mit dem mord zu tun? oder glauben sie, das paul grigoleit erschossen wurde, weil er die einführung einer kurtaxe vorgeschlagen hat? wer sollte das gewesen sein?“

„ich bin kein hellseher,“ antwortete der kriminalist.

„sehen sie, ich auch nicht.“ zumdick blickte auf seine armbanduhr und erhob sich.

„eine frage noch, herr bürgermeister, in unserem ersten gespräch haben sie erklärt, das sie mit grigoleit nur rein geschäftliche kontakte hatten. wir wissen inzwischen, das sie regelmäßig zusammen auf die jagd gingen und duz-freunde waren. warum haben sie uns das vorenthalten?“

„sie beginnen sich lächerlich zu machen mit ihren mutmaßungen, herr kommissar,“ erklärte der rathauschef wenig amüsiert. „oder ist jeder, mit dem sie sich duzen, ihr freund, oder jeder, der sie auf einer fahrradtour begleitet? was glauben sie, zu was sie in der politik alles genötigt werden, wer ihnen da über den weg läuft, wer sich bei ihnen einklinken will, und wen sie im gegenzug einwickeln müssen, um für die gemeinde das beste herauszuholen? herr grigoleit, zum beispiel, hätte sein geld genauso gut an der müritz, an der ostsee oder in rio investieren können. nur meiner intensiven und persönlichen kontaktpflege ist es zu verdanken, das seine gelder und seine ideen hier geblieben sind, sehr zum segen der ganzen region.“

kieselbach schüttelte den kopf und musste sich eingestehen, das dieser mann eine nummer zu groß für ihn war.

die hausdurchsuchung

das wetter hatte sich über nacht nicht gebessert, feiner, grau-weißer nieselregen lag nach wie vor über der lausitz, doch trotzdem begann der donnerstag mit einem lichtblick, denn minkner erschien kurz nach dienstbeginn mit den genehmigungen, eine telefonüberprüfung und eine hausdurchsuchung bei grigoleit durchführen zu dürfen; der hinweis auf wahrscheinliche stasi-aktivitäten hatte das verfahren beim amtsgericht erheblich beschleunigt.

„unglaublich, was sie und ihre leute sich herausnehmen," schimpfte die frau des ermordeten. mit mühe bekam sie ihren jagdhund gebändigt, während steiner und drei seiner männer in die ehemalige villa der staatssicherheit einfielen.

„nicht wir, sondern der staat nimmt sich heraus," entgegnete kieselbach. schmitz, der hinter ihm stand und ihn fast um einen glatten kopf überragte, nickte zustimmend, hielt aber den mund. „und bei mord, steht uns einiges an rechtsstaatlichen mitteln zur verfügung." leider immer noch viel zu wenig, dachte der kriminalist, aber er verkniff sich diesen zusatz.

„falls sie es vergessen haben sollten, herr kommissar, mein mann war nicht der mörder, sondern das opfer."

„ist uns allen klar, gnädige frau," gab der angesprochene zurück, „trotzdem kann es möglich sein, das wir gerade in den unterlagen ihres gatten einen hinweise auf den täter finden können."

„wahrscheinlich wird der eine schriftliche einladung an meinen mann gerichtet haben und der hat dieses schreiben zu seinen unterlagen geheftet."

„schön wär´s," antwortete kieselbach. „leider passiert uns das nur selten." Von den wütenden blicken der hausherrin begleitet, folgten er und schmitz der spurensicherung in den ersten stock, wo sich das arbeitszimmer des ermordeten befand.

routiniert und systematisch begannen die profis den nicht allzu großen raum auf den kopf zu stellen und vorhandene akten zu sichten. das, was ihnen wichtig erschien, verpackten sie in mitgebrachten plastikwannen, die sie eine nach der anderen in ihren fahrzeugen verstauten. steiner selbst klopfte äußerst sorgfältig wände, decke und fußboden nach hohlräumen ab.

„fehlanzeige," murmelte er am ende seiner zentimetergenauen inspektion, doch sein ehrgeiz war ungebrochen. „häuser wie dieses haben alle ihre geheimnisse," erklärte er zuversichtlich. „zwei weltkriege sind vorbeigerauscht, vierzig jahre sozialismus inklusive stasi und jetzt mehr als ein jahrzehnt kapitalismus. irgendwo liegt irgendwas vergraben, totsicher. und wenn man schon mal darf, dann wird auch gesucht."

„waidmannsheil," wünschte kieselbach, den dieses gebiet der kriminalistik nicht sonderlich reizte. „ich bin auf der wache zu erreichen, falls man mich braucht."

„alles klar," antwortete steiner. „wir werden uns jetzt mal das erdgeschoß vorknöpfen."

kieselbach und sein zukünftiger stellvertreter gingen voran und stießen in der haustür mit minkner zusammen.

„ich hab was für euch, männer," erklärte der hauptmeister und wedelte bedeutungsvoll grinsend mit einem stapel papiere.

„die telefonliste?"

„erraten."

„und, was interessantes dabei?"

„wie man´s nimmt, telefonate mit gott und der welt; aber dazwischen genau 101 gesprächee mit einer nummer in reit-im-winkel. der glückliche ist ein gewisser abholzer, erwin abholzer."

„dann sieh zu, das du über diesen herrn abholzer aus reit-im-winkel alles wesentliche in erfahrung bringst.“

„längst passiert, chef.“ stolz blickte minkner auf einen vollgekritzelten notizzettel in seiner rechten hand. „abholzer, erwin, wohnhaft reit-im-winkel, hotelier, landwirt und skilehrer. nach aussage der bayrischen kollegen eine stadtbekannte größe. besitzt zusammen mit seinem bruder einen der größten höfe weit und breit, inklusive privatpension mit schwimmbad, reitstall, tennisplätzen und allem, was sonst noch so dazugehört. höchstwahrscheinlich aber hochverschuldet, weil sein famoser bruder das anwesen in irgendwelchen casinos scheibchenweise verjubelt. der gute erwin soll inzwischen versucht haben, seinen verspielten bruder für unmündig erklären zu lassen, hat aber wohl nicht ganz geklappt.“

„und mit diesem multitalent haben die grigoleits 101 gespräche in drei monaten geführt?“ erkundigte sich der kommissar.

„stimmt. hin und wieder mehrere an einem tag,“ erklärte der polizeihauptmeister.

„wetten, das unser scheidungsgrund erwin heißt und ganz toll wedeln kann?“ steuerte kevin schmitz trocken aus dem hintergrund bei.

„und unser skihaserl elvira war ihm hemmungslos verfallen,“ fuhr minkner fort. „ich liebe solche geschichten.“

„red´ kein blech,“ knurrte der kommissar, „und setz dich mit den bayern in verbindung. die sollen diesem hotelier ordentlich auf den zahn fühlen, beziehung zu frau grigoleit und so weiter; und sie sollen nach einem alibi für die mordnacht fragen,“ ordnete der kommissar an.

„wird mir ein vergnügen sein,“ antwortete minkner grinsend, reichte seinem chef die unterlagen und verschwand.

lukas kieselbach machte auf dem absatz kehrt und fand die hausherrin noch immer übelgelaunt im wohn- und jagdzimmer.

„wenn sie gestatten, dann würde ich ihnen gerne noch einige fragen stellen," begann der kommissar.

„sparen sie sich ihre floskeln, sie verfahren doch ohnehin nach belieben."

„wir versuchen in erster linie methodisch vorzugehen," gab der beamte zurück, „und dabei hat sich folgendes ergeben." wortlos reichte er der witwe die aufstellung der telefongespräche.

„na und, was soll ich damit?" war die gereizte antwort, nachdem elvira grigoleit die papiere überflogen hatte. „ist telefonieren seit neuestem verboten?"

der kommissar schüttelte den kopf. „das nicht, aber hundert ferngespräche zwischen zwei anschlüsssen in knapp drei monaten sind schon bemerkenswert. wenn man davon ausgeht, das auch herr abholzer hin und wieder bei ihnen angerufen hat, dann kommt da eine hübsche zeitspanne zusammen."

„und weiter?"

„darf ich fragen, in welcher beziehung sie zu herrn abholzer stehen? war er eventuell der scheidungsgrund?"

„und wenn dem so wäre?" kam es trotzig zurück. „erstens, was ginge sie das an? und zweitens, diese sache hätte sich doch jetzt wohl erledigt, oder?"

„stimmt, die scheidung ist überflüssig, aber der mörder ihres mannes läuft immer noch frei herum."

„dann finden sie ihn gefälligst."

„deswegen sind wir hier," antwortete der beamte und blickte auf seine armbanduhr. „im moment dürften sich unsere bayrischen kollegen bereits mit ihrem telefonpartner unterhalten. vielleicht ist der ja etwas gesprächiger."

„sie schrecken vor nichts zurück, oder?“ schnaufte die hausherrin wütend. „am liebsten würde ich sie alle an die luft setzen.“

„es kann sich nur noch um minuten handeln, dann sind wir ohnehin verschwunden,“ antwortete der kriminalist und erhob sich. gleichzeitig flog die wohnzimmertür auf und steiner erschien. sein gesicht strahlte.

„gut das du noch da bist, lukas, komm mit.“ ohne der dame des hauses einen einzigen blick zu schenken, marschierte er den langen flur hinunter zum anderen ende des hauses und kieselbach folgte ihm.

„ich wusste doch, das wir was finden würden,“ sagte der spurensucher triumphierend und wies auf die unauffälligen düsen der sprinkleranlage, die in regelmäßigen abständen in die decke eingelassen waren.

„sechs düsen auf einer so kurzen strecke. merkwürdig. fünf davon sind in genau gleichen abständen und fachmännisch montiert, die letzte passt nicht in die reihe und lässt sich abnehmen; noch merkwürdiger.“ steiner stellte sich auf einen küchenstuhl, drückte gegen die düse und nahm sie ohne große probleme aus der decke. dahinter wurde ein hohlraum sichtbar, aus der steiner eine schmale, aber massive stahlkassette hervorholte. „na bitte,“ erklärte er triumphierend. „alte ddr-ware, feuersicher, schlag- und druckfest. da ist selbst mit einer panzerfaust nicht viel zu machen.“

„hört sich nicht gut an,“ antwortete kieselbach mit leichter enttäuschung und blickte auf den graugrünen safe in din a-4 größe. „ich wüsste schon gerne, was drin ist.“

„kein großes problem,“ erklärte steiner zuversichtlich. „die dinger sind unkaputtbar, aber haben eine schwachstelle, nämlich die schlösser; weil für richtig gute schlösser hat leider immer das material gefehlt.“

die hausherrin erschien und warf einen wütenden blick auf die beamten.

„verfügen sie über einen schlüssel zu dieser schatulle?“ erkundigte sich kieselbach.

„und selbst wenn ich einen hätte, sie wären der letzte, der ihn bekäme,“ war die patzige antwort der witwe. aufgebracht machte sie kehrt und zog sich in das trophäengeschmückte wohnzimmer zurück.

„macht nichts,“ antwortete der chef der spurensicherung selbstsicher. „wär′ doch gelacht, wenn wir das schätzchen nicht aufbekämen.“

aus seinem alten aktenkoffer, den er immer mit sich führte, kramte steiner zwei riesige schlüsselbunde hervor, die er sorgfältig inspizierte. „alles originalware aus alten beständen,“ erklärte er nicht ohne stolz.

nachdem er mehrere dutzend schlüssel durch seine finger hatte gleiten lassen, entschied er sich für ein unscheinbares, mattglänzendes stück metall, das er behutsam in den schließzylinder einführte, drei viertel des weges ohne probleme, dann blockierte das schloß.

„also, nummer zwei,“ murmelte der fachmann und wiederholte die prozedur mit einem ähnlich aussehenden fabrikat. es hakte zu beginn aber dann ging alles glatt; völlig unspektakulär öffnete sich der stählerne safe.

„mh,“ machte der chefspurensucher und blätterte einigermaßen enttäuscht durch den wust von zum teil schon stark angegilbten papieren und dokumenten. „das sieht aber nicht nach dem großen stasi-schatz aus.“

„wer weiß,“ erklärte kieselbach. „irgendwas wird schon dran sein an den unterlagen, sonst hätte sich grigoleit wohl nicht die mühe gemacht, die schatulle so prima zu verstecken.“ er packte die wirklich schwere box, hockte sich auf den stuhl und begann systematisch die papiere zu durchstöbern. grob geschätzt waren es vielleicht hundert blatt und die ersten achtzig machten auf den allerersten blick keinen sonderlich interessanten eindruck. aber dann änderte sich die sachlage schlagartig, denn blatt einundachtzig enthielt alphabetisch geordnet die namen von zwei dutzend informellen mitarbeitern der stasi. und gleich an position eins, hinter ´albatros´, tauchte der name ´zumdick, jörg´ auf.

„na, wenn das keine überraschung ist,“ murmelte kieselbach und ließ steiner einen blick auf den eintrag werfen.

„nicht schlecht, und dann auch noch originale,“ murmelte der spurensucher, „das findet man wirklich selten.“

lukas kieselbach nickte zustimmend. „nicht schlecht für den anfang, vielleicht gibt´s ja noch mehr zu holen.“

„wir werden unser bestes tun,“ versprach steiner.

der bürgermeister ganz allein zuhause

der ´albatros´ wohnte luftlinie knapp einen kilometer entfernt vom rathaus, in der gerbergasse, in einem unauffälligen, anderhalbstöckigen gebäude, das nur durch seinen viel zu wuchtig geratenen wintergarten auffiel.

das arbeitszimmer, in das der politiker seinen besucher führte, wirkte merkwürdig aufgeräumt, ohne aktenberge oder überfüllte bücherwände, wie kieselbach es sonst von vielen personen in derartigen positionen kannte. an den kahlen wänden des raumes hingen zwei in plastikrahmen gefasste van-gogh-billigdrucke und ein fürchterlicher kaufhaus-ölschinken mit einer blaugrauen meereslandschaft.

„sagt ihnen der begriff ´albatros´ irgendetwas?“ begann der kommissar.

„spielen wir jetzt ´wer wird millionär´?“ erkundigte sich der rathauschef unwirsch.

„leider nein," erklärte kieselbach. „´albatros´ ist der deckname unter dem sie als informeller mitarbeiter der stasi geführt wurden. wir haben die originalbelege dafür bei der haussuchung in grigoleits villa gefunden."

„na und?" antwortete der bürgermeister trocken und ohne jede sichtbare erregung.

„das ist alles, was ihnen dazu einfällt?" erkundigte sich der polizist erstaunt.

der bürgermeister machte ein gelangweiltes gesicht und holte tief luft. „jetzt passen sie mal auf, lieber herr kommissar. sie sind ungefähr der tausendste, der mich in den letzten zehn jahren mit diesen oder ähnlich dämlichen vorwürfen traktiert; und sie sehen, ich habe alle angriffe überlebt. solche attacken zu reiten, ist politisch von zeit zu zeit opportun, vor allem im wahlkampf, um den gegner ordentlich durch den dreck zu ziehen, so läuft nun mal die sache. das sich jetzt die polizei für den gleichen blödsinn nicht zu schade ist, macht mich allerdings etwas besorgt."

„wir würden uns aus diesen schlammschlachten heraushalten, wenn wir nicht auf original-stasi unterlagen gestoßen wären," erwiderte der kommissar.

„ach was, originial stasi-papiere?" imitierte der politiker, „und daraus folgern sie jetzt messerscharf, das paul grigoleit mich voll in der hand hatte und ich nichts weiter war, als seine gefügige marionette, stimmt´s?"

„wäre doch denkbar, oder?" gestand der kriminalist.

„wunderbar, wie ich sehe, sind sie voll auf dem laufenden," erklärte zumdick mit deutlichem spott in seiner stimme. er lehnte sich in seinem schreibtischsessel zurück und verschränkte beide arme vor der brust. „ich sage ihnen mal was zu ihren wunderbaren stasi-unterlagen, herr kommissar, - die zerpflückt ihnen mein anwalt zwischen tagesschau und wetterkarte. wissen sie eigentlich, wie viele dieser akten von der stasi gefälscht oder frei erfunden worden sind, nur um leute gefügig zu machen? abertausende und ohne rücksicht auf verluste! dieses stasi-pack kam doch an alles ran, was nötig war für derartige schweinereien, stempel, urkunden und unterschriften; wasserdichter ging´s nicht. und dieser ganze humbug soll jetzt, fast fünfzehn jahre nach der wende noch ziehen? einfach lächerlich! polizei und staatsanwaltschaft werden sich vor gericht bis auf die knochen blamieren mit diesem schund. wenn sie ihren verehrten doktor metzger von ihrem tollen fund berichten, dann bestellen sie ihm schöne grüße von mir. ich kann ihnen aber jetzt schon sagen, was er antworten wird. anklage erst, wenn sie hundertprozentiges material in den händen halten. und das, verehrter herr kommissar" dozierte der bürgermeister mit einem breiten grinsen, „das gibt es auf der ganzen welt nicht, auch wenn es ein hobby von doktor metzger ist, nach stasi-akten suchen zu lassen. bis jetzt hat er jedesmal den schwanz eingezogen, bevor es ernst wurde. und mit mir, direkt, ist er schon einmal baden gegangen." der politiker lächelte sein bestes wahlkämpferlächen. „mit meinen sogenannten stasi-akten können sie ihre toilette tapezieren. sonst noch fragen?"

„gut, nehmen wir an, die unterlagen sind wirklich wertlos," begann der kommissar und wurde sofort unterbrochen.

„sie sind wertlos, definitiv wertlos."

„von mir aus," fuhr kieselbach fort und winkte ab. „dann noch einmal zurück zu einer alten frage, wieso hat die stadt beim verkauf der festwiese nicht gebrauch von ihrem vorkaufsrecht gemacht?"

„wie schon erklärt, herr kommissar," begann zumdick beinahe höflich, „ich bin ihnen keinerlei auskünfte über politische entscheidungen schuldig."

„das sieht die staatsanwaltschaft allerdings ganz anders," bluffte kieselbach, der sich in diesem punkt noch nicht schlau gemacht hatte. „eine kleine anregung der wasserschutzpolizei, und unser allseits verehrter doktor metzger wird diese sache ganz groß aufrollen, schriftlich und mit allen feinheiten.“

„na schön, dann kürzen wir die sache halt ab,“ schnaufte der politprofi, lehnte sich nach vorne auf seinen schreibtisch und blickte sein gegenüber offen in die augen. „das ganze war nichts anderes als schlamperei, bodenlose, unentschuldbare schlamperei im bauamt. die damen und herren dort haben tief und fest geschlafen und schlicht und einfach vergessen, fristgerecht den städtischen antrag einzureichen. und damit war das vorkaufsrecht futsch.“

„ach, so einfach ist das?“

„genau, um mist zu bauen, braucht man weder talent noch ausbildung.“

„und damit war der fall erledigt?“

„wie man´s nimmt,“ antwortete der politiker und lehnte sich wieder in seinem sessel zurück. „unser lieber bauamtsleiter ist strafversetzt worden und der verantwortliche sachbearbeiter bewacht jetzt im rathaus den fahrradkeller, bis auf weiteres. solche schlampereien machen mich fuchsteufelswild, das können sie mir glauben.“

„es hat aber ein städtisches angebot an herrn konzack gegeben?“

„definitiv,“ antwortete der bürgermeister, „schon vor jahren.“

„und, warum ist nichts aus der sache geworden?“

der erste bürger der stadt lacht kurz auf. „ha, marktwirtschaft und kommunalpolitik sind nicht unbedingt ihr steckenpferd, oder?“

„mag sein,“ antwortete kieselbach. „auf der anderen seite sorgt man ja auch dafür das, sich entscheidende dinge immer hinter verschlossenen türen abspielen.“

„touché," antwortete jörg zumdick und verneigte sich theatralisch. „dann will ich ihnen mal auf die sprünge helfen." er setzte sich in positur, holte kurz luft und begann zu dozieren. „viele rechte und privilegien einer gemeinde existieren leider nur auf dem papier, herr kommissar. ein typisches beispiel dafür ist dieses vorkaufsrecht bei wichtigen grundstücken. was macht der besitzer als erstes, wenn er verkaufen will?"

„er wendet sich an die gemeinde," antwortete der kriminalist wie ein gelehriger schüler.

„genau," gab der bürgermeister zurück. „und jetzt raten sie mal, mit welcher forderung?"

„tja, wahrscheinlich will der eigentümer so viel wie möglich für seine immobilie herausschlagen."

„exakt," lobte der politiker. „und damit ist in aller regel die gemeinde weg vom fenster und leute wie grigoleit haben freie bahn, denn die bieten summen, bei denen einer gemeinde ganz schnell die puste ausgeht. was glauben sie, was passiert wäre, wenn wir damals auf konzacks unverschämte forderungen eingegangen wären? die ganze stadt hätte uns politiker doch für verrückt erklärt."

„sind solche überzogenen forderungen überhaupt zulässig? ich meine, man kann doch nicht eine million fordern, wenn die immobilie nur hunderttausend wert ist."

„stimmt; grobe übertreibungen werden gedeckelt, aber, was der markt hergibt, darf gefordert werden," antwortete der politiker belehrend. „seit 1990 leben wir wieder im kapitalismus und da darf jeder verlangen, was er will. ob seine wünsche dann auch erfüllt werden, ist eine ganz andere sache. "

„es lief aber doch ziemlich viel nach grigoleits wünschen in dieser gemeinde, oder?"

„stimmt, grigoleit war einer der wenigen, der noch in unsere gemeinde investiert hat, ideell und finanziell; aber immer absolut legal, herr kommissar; und da sind dann auch einem bürgermeister die hände gebunden.“

„muß ja ganz schrecklich für sie gewesen sein,“ antwortete der polizist, erhob sich, tippte an seine mütze und verließ ohne ein weiteres wort das merkwürdig sterile arbeitszimmer. dieser mann war zwei nummern so groß für ihn.

glühweinparty

der´bunte hecht´ an der kreuzung hauptspree und meisterfließ hatte seit drei tagen wegen renovierung und gästemangel geschlossen. ende oktober bis mitte dezember war ´nebensaison´, wie es freundlich umschrieben im offiziellen spreewaldkatalog hieß. alle, die jetzt noch kamen, waren entweder verirrte oder absolute freaks, die ihren spaß daran hatten, morgens mit ihren booten angefrorene fließe zu befahren oder auf ihren high-tech-bikes knöcheltiefe schlammpisten zu bewältigen. erst im späten advent begann der wald für die touris wieder attraktiv zu werden, besonders dann, wenn der erste schnee fiel oder die fließe zufroren. solche ereignisse lockten die städter wieder zurück in die natur. der wald alleine, ohne sonne oder schnee, war wie eine geliebte mit hongkong-grippe.

mutter kieselbach, ihr sohn und bert enderlein hockten um den verlassenen stammtisch herum und probierten den ersten glühwein der saison. der rührige lieferant aus dresden hatte ein im aroma wesentlich verbessertes getränk versprochen und es per express zugestellt; jetzt begann die testphase. das thema ´grigoleit´ und alles, was damit zusammenhing, war dabei natürlich unvermeidbar.

„gut, alle freuen sich jetzt natürlich, das der alte stasikopf weg ist vom fenster; dabei war er der einzige nach der wende, der hier wirklich was auf die beine gestellt hat. alle anderen sind auf ihren sozialistischen hintern hocken geblieben und haben auf das große kapitalistische wunder gewartet. nur grigoleit hat sein hirn eingeschaltet und dinge in bewegung gebracht." enderlein hatte bereits drei randvolle gläser intus und die neue mischung machte ihn sehr gesprächig. „die knalltüten vom dorfkomitee haben sich um ihre zierkürbisse gekümmert und jugendweihen organisiert; und die kahnfährleute sind in ihren neuen uniformen unten am hafen auf und ab stolziert wie die könige und haben auf kunden gewartet wie zu seligen ddr-zeiten; klar, damals gab´s ja auch nix anderes und die leute mussten kommen. nach der wende war der ofen aus, da wollte jeder erst mal woanders hin und das haben hier einige erst mit zehn jahren verzögerung kapiert; und jetzt wird geweint."

„also, konkurrenz hat es vorher auch schon gegeben," wandte mutter kieselbach ein.

„klar, untereinander. da hat man sich mit einem pappschild an die straße gestellt, die anderen um 50 pfennig unterboten und irgendwelche fußkranken urlauber abgegriffen, die nicht wussten, wo was sache ist. läuft doch heute noch so. die damen und herren fährleute hätten längst zusammen ein konzept entwickeln sollen für den gesamten wald, aber dafür hat´s bei den herrschaften leider nicht gereicht. die hätten gemeinsam ihre position längst sichern können, aber am ende ihres kahns hörte ja bei den meisten das denken auf, prost."

„prost," antworteten mutter und sohn.

„und ein einzelner muß den lahmärschen dann vormachen, wie´s geht und wird prompt umgenietet," fuhr der zukünftige kripo-chef fort.

„reine spekulation,“ antwortete lukas kieselbach und nippte an seinem vierten glas. „außerdem wusste ich gar nicht, das du so ein grigoleit-fan bist.“

„bin ich auch nicht,“ knurrte sein freund. „aber ich hab was dagegen, wenn man dinge immer nur von einer seite betrachtet. grigoleit für seinen teil hat ideen gehabt und realisiert, gegen allen widerstand. die lieben kahnpiloten haben nämlich seine kneipen anfangs gemieden wie die pest; ich hör´ jetzt noch meinen vater reden, ´leute, ihr wollt doch wohl nicht euer mittagessen von der stasi serviert bekommen?´ und ähnlich blöde sprüche. aber der olle paul hat eisern durchgehalten, bundesweit werbung gemacht, bis die busse endlich hier ankamen. und alle anderen haben lustig und ohne sich zu beschweren mit abkassiert.“

„und handgeld hat er bezahlt, an jeden fährmann, der seinen laden anfährt,“ warf mutter kieselbach wenig begeistert ein. „und zwar ordentlich, da konnten wir kleinen nicht mehr mithalten; für ein einfaches mittagessen kam doch kaum noch ein fährmann zu uns heraus. das hätte uns fast das genick gebrochen.“

„stimmt,“ gab enderlein zu, „einige sind über den jordan gegangen, aber die meisten haben von grigoleits aktivitäten ordentlich profitiert, jahrelang, ohne jedes risiko und ohne einen einzigen finger krumm zu machen. und jetzt, wo diese trittbrettfahrer meinen, grigoleit sackt zu viel ein, da wird plötzlich draufgeschlagen. ich sag euch, blanker neid von all diesen flachpfeifen, die nix auf die reihe gebracht haben, aber rein garnix; vor der wende nicht und hinterher erst recht nicht. jahrelang selig gepennt, und jetzt, wo der dornröschenschlaf gestört wird, über kimme und korn draufhalten.“

„noch ist nichts bewiesen,“ antwortete kieselbach, allerdings ohne große überzeugung.

„dann liefer mir mal ein besseres motiv als neid.- ärger mit dem vater, oder was, und steffi schlägt zu?“ enderlein schüttelte den kopf. „ihr alter hat bereits drei dicke grundstücke an sie abgetreten, notariell beglaubigt, ohne wenn und aber. damit hat er seine kleine zu einer vermögenden dame gemacht, die es sich leisten kann, einen lehrerjob in berlin sausen zu lassen. und fräulein grigoleit dürfte mehr grips im schädel haben als den goldenen ast abzusägen, auf dem sie saß, wetten? außerdem hätte sie in kürze sowieso den rest geerbt, ihr vater hatte schließlich leberkrebs.“

„das wusste keiner,“ wandte lukas kieselbach ein. „aller wahrscheinlichkeit nach nicht einmal grigoleit selbst.“

„na und? geerbt ist geerbt.“

„okay, dann hätten wir noch unsere asiatischen freunde,“ fuhr der kommissar fort, mehr pflichtschuldig als überzeugt.

„die drei armen schweine waren in sicherheitsverwahrung, wie jede nacht; und die hütte ist absolut ausbruchsicher, das haben steiner und seine leute inzwischen einwandfrei bestätigt. massives holz, massive schlösser und zwei winzige oberlichter, durch die kein mensch passt, auch nicht unsere unterernährten freunde aus südostasien.“

„kann sein, das frau grigoleit einen nachschlüssel hatte, oder steffi.“

„prima. die lassen dann gemeinsam unsere drei kungfu kämpfer frei und die erschießen aus sicherer entfernung mit einem präzisionsgewehr ihren herrn und meister?“

„grund genug hätten sie.“

„ach was?“ fragte enderlein mit leichter ironie. „die drei glauben doch wirklich, das sie in deutschland bleiben dürfen, wenn sie sich gut führen. ein fehltritt und ab geht´s in die heimat. die wagen doch vor lauter angst nicht mal laut zu husten.“

„aber unsere malergang haben sie ganz schön demoliert.“

„klar, was hätten wir denn gemacht, wenn plötzlich drei nette typen vor uns aufkreuzen, kauderwelsch reden und mit handschellen winken? wahrscheinlich noch schnell eben die zähne geputzt.“ enderlein war voll in fahrt und nicht mehr zu stopppen. „außerdem, wie sind die knaben wohl an flinte, ausrüstung und munition gekommen? durch madame oder ihre tochter?“

„wir sollten grigoleits waffenschrank kontrollieren,“ antwortete lukas kieselbach lahm; der glühwein machte ihn müde. „dann hätten wir zumindest in diesem punkt schon mal gewissheit.“

„tu, was du nicht lassen kannst, alter junge. aber denk dran, eine haussuchung ist schon voll in die hose gegangen.“

„wieso in die hose gegangen? wir haben schließlich jede menge stasi-akten gefunden.“

„altpapier,“ knurrte enderlein, „damit kannst du dir den hintern abputzen.“

„wird sich noch herausstellen,“ murmelte der kommissar.

enderlein verzog das gesicht zu einem schwachen grinsen. „du glaubst also immer noch das alte stasimärchen von den vergrabenen millionen? wenn diese gangster wirklich bares hinterzogen und gelagert haben, dann bestimmt nicht im eigenen keller oder in der garage. wenn, dann liegt der schotter sicher und gewinnbringend angelegt in der schweiz, in luxemburg oder auf den bahamas. genauso wie die wichtigsten dokumente. die leute von der stasi waren zwar skrupellos aber nicht doof.“

„das kommt erschwerend hinzu.“ bedächtig rührte der kommissar in seinem neuen glühwein-de-luxe. „vielleicht haben ihn auch seine eigenen leute umgelegt, stasi killt stasi, sozusagen."

„du solltest weniger krimis lesen und keinen glühwein trinken," erklärte freund und kollege enderlein. „das verklebt die gehirnzellen."

„du musst es ja wissen," maulte lukas kieselbach.

das knöllchen

sorgfältig auf alle tempolimits achtend fuhr kevin schmitz die kurze strecke von lübbenau nach calau. die dienststelle der autobahnpolizei lag mitten im ortskern, eine massive, dreieinhalbstöckige backsteinburg aus den anfängen des zwanzigsten jahrhunderts, die äußerlich auch für ein hochsicherheitsgefängnis durchgegangen wäre.

eine frage am empfang reichte aus, um den für radarfallen und temposünder zuständigen sachbearbeiter ausfindung zu machen, polizei-hauptmeister hoffman, erster stock, zimmer 104.

„schmitz, wasserschutzpolizei lübbenau," stellte sich der riese vor, nachdem er den schmalen raum betreten hatte.

„hoffmann," antwortete der angesprochene ohne große betonung und deutete auf einen grauen plastikstuhl, der schräg vor seinem schreibtisch stand. „was verschafft mir die seltene ehre?"

„mh, es geht da um eine ziemlich dumme geschichte," begann der rheinländer und erzählte dem kollegen ziemlich kleinlaut von seinem malheuer auf der autobahn.

„sie sind wohl noch ziemlich neu hier, was?" fragte sein gegenüber, „sonst wüssten sie nämlich, das wir hier nicht das geringste für sie tun können. alle blitzlichtaktionen laufen bei uns zentral über gransee."

„über gransee?"

„genau,- ein kaff nördlich von berlin. da landen sämtliche rally-photos aus brandenburg zur entwicklung und auswertung. die fahrzeughalter werden dann über flensburg ermittelt und anschließend von gransee aus angeschrieben."

„wie schön für euch," knurrte schmitz.

„find' ich auch." der kollege strahlte. „für uns hat sich die wende gelohnt, also zumindest in dieser hinsicht. kein papierkrieg mehr und keine lauferei, nur in zweifelsfällen, aber die gibt's nur alle jubeljahre."

„und mein knöllchen landet dann wo?"

„wenn alles glatt läuft, direkt auf ihrer dienststelle; und dann dürfen sie einen hübschen roman dazu verfassen."

„wie witzig," knurrte die rheinische frohnatur.

„war wohl deutlich drüber, oder?" erkundigte sich der kollege mit einer spur von sympathie in seiner stimmen.

„ziemlich deutlich," gestand der riese kleinlaut.

„mehr als vierzig?"

„könnte knapp werden," antwortete schmitz. auch bei polizeibeamten war mit mehr als vierzig km/h über tempolimit der lappen weg.

„tröste dich," antwortete hoffmann kollegial, „damit bist du noch längste nicht der spitzenreiter in diesem monat. einer aus bayern hat's vor drei oder vier tagen in der ortseinfahrt boblitz auf satte einhundertundachtzehn gebracht. die weißwurst war so schnell, den konnten die kollegen nicht mal anhalten. einige glauben halt immer noch, verkehrschilder im schönen brandenburg sind reine dekoration, dumm gelaufen."

„vor drei oder vier tagen, ortseinfahrt boblitz und der typ kam aus bayern?" erkundigte sich schmitz nachdenklich. „habt ihr zufällig autonummer und personalien?"

„ne, nur den anfang, ´ts´ für traunstein, der rest müsste auf dem photo sein," antwortete hoffmann. „war das´n freund von dir?"

„quatsch, aber vielleicht," der riese machte eine vage handbewegung, „aber vielleicht paßt die sache zu unserem aktuellen fall."

„diesem stasi-mord in leipe?"

„ist zwar sehr unwahrscheinlich," antwortete schmitz, „aber wunder gibt es immer wieder."

„du willst also den halter des fahrzeuges?"

„den halter und das photo, wenn´s geht."

„dann müssen wir mit gransee telefonieren," gab der beamte etwas gedehnt zurück.

„wunderbar, bei der gelegenheit kannst du auch gleich nachfragen, mit wieviel ich geblitzt wurde."

„und das ganze wahrscheinlich noch sofort," knurrte der kollege.

„ne," der rheinländer schüttelte den kopf. „am besten gestern."

nach knapp einer halben stunde lagen per e-mail die gewünschten informationen aus gransee vor. schmitz sah sich messerscharf getroffen hinter dem steuer seines dienstwagens, neben ihm sein chef mit halb geschlossenen augen. unten in der rechten ecke des bildes war in kleinen, häßlichen zahlen die ermittelte geschwindigkeit vermerkt, 107 km/h.

„ganz schön fix für eine wasserratte," kommentierte der autobahnmann aus calau. „das sieht schwer nach fahrradpatrouille aus, denn die meßungenauigkeit ist schon abgezogen. pech, mein junge."

„scheiße," fluchte schmitz und klatsche das photo zurück auf den tisch. „kann ich mal die anderen unterlagen sehen?"

„dafür sind sie da."

das zweite photo zeigte einen großen, silbergrauen bmw; am steuer saß ein mann mitte fünfzig, mit kurzen, dunklen haaren und einem schmalen oberlippenbärtchen. in der rechten unteren ecke des bildes prangten die ziffern 118,7.

„das sind aufnahmen, was?" erklärte der kollege begeistert. „messerscharf, wie im studio."

„ich kann mein glück kaum fassen," nölte kevin schmitz und griff sich den begleitbogen. das autokennzeichen lautete ´ts – wx 793´ und der halter des wagens war ein gewisser erwin abholzer, wohnhaft reit-im-winkel, zum sonnenhof 1.

„na, da schau her," erklärte der rheinländer und seine stimmung hellte sich schlagartig auf. „blindes huhn findet korn. kann ich mal dein telefon benutzen?"

„noch´n kaffee dazu?" erkundigte sich kollege hoffmann.

„mit zwei löffeln zucker aber ohne milch, bitte", murmelte schmitz und begann zu wählen. am anderen ende meldete sich lukas kieselbach. in kurzen worten schilderte der riese seinem vorgesetzten die neue situation und fing sich ein dickes lob ein.

„setzen sie sich mit gransee in verbindung," ordnete der oberste wasserschutzpolizist nach kurzer bedenkzeit an. „die sollen die anzeige auf jeden fall noch zurückhalten, klar?"

„klar," bestätigte der neue. „und was wird mit meiner?"

„darüber reden wir später, wenn diese sache beendet ist."

„na hoffentlich," sagte schmitz, legte auf und wandte sich an den autobahnmann. „jetzt bitte einmal gransee, wenn´s geht."

„bin ich hier die telefondame vom dienst?" erkundigte sich hoffmann mit gespielter empörung.

„wenn ich ´ne wasserratte bin, dann bist du telefonistin," antwortete schmitz einigermaßen grimmig. „aber etwas hübscher dürftest du schon sein."

hektik

nach kurzer beratung hatten kieselbach und der zukünftige kripochef beschlossen die neue spur vordringlich zu verfolgen. noch in der nacht waren enderlein selbst und gebhardt auf den weg nach bayern gemacht und bereits kurz nach zehn erhielt kieselbach meldung aus reit-im-winkel.

„also," begann der enderlein. „dieser erwin abholzer, skilehrer, tenniscrack, landwirt und hotelier, ein absolutes multi-talent, kennt die grigoleits und sie kennen ihn, das steht außer zweifel. zusammen sind beide mehrfach in seinem hotel abgestiegen und elvira grigoleit hat bei ihm gnadenlos privatstunden genommen, skilaufen und tennis. von grigoleits ermordung hat die sportkanone aus der zeitung erfahren und der witwe daraufhin ein beileidtelegramm geschickt."

„er hat nicht angerufen?"

„ne, nur ein telgramm geschickt, sagt er, aber das lässt sich ja nachprüfen," erklärte enderlein.

„und was sagt der famose herr über seine beziehung zu frau grigoleit?"

„eine ganz normale sache, er gastronom und sie gast."

„mehr nicht?" fragte kieselbach ungläubig.

„mehr nicht," antwortete enderlein, „aber das war ja erst der anfang. nach dieser einleitung hat er den kollegen zu protokoll gegeben, die mordnacht schön brav und ordentlich zuhause verbracht zu haben. als zeugen dafür gibt er seinen bruder an, der zur zeit nebenan verhört wird. gäste befinden sich angeblich momentan nicht im hotel, sonst hätten auch von denen einige seine angaben bestätigen können."

„und wie hat unser rennfahrer abholzer dann auf seine portraitaufnahme reagiert?"

„tja, wir hatten einen richtig großen auftritt, gebhardt und ich. dem guten mann sind fast die augen aus den kopf gefallen, als wir mit dem photo erschienen; und nicht nur, weil er doppelt so schnell war wie erlaubt. zuerst hat er ganz auf dumm gemacht, aber letztendlich wurde er dann doch gesprächiger, auch was sein verhältnis zu frau grigoleit betrifft."

„scheidungspläne?"

„er sagt, ja. sie wollte unbedingt zu ihm nach bayern, aber die sache war ihm zu heiß. ohne scheidung hätte er in eine solche sache nicht eingewilligt."

„streng katholisch, der herr, oder was?"

„eher weniger, würde ich sagen," anwortete enderlein spröde. „auf jeden fall hat er dann zugegeben, in der mordnacht im spreewald gewesen zu sein; ließ sich ja auch bei der beweislage nicht mehr abstreiten."

„und was treibt den mann mit so viel tempo in unsere breiten?"

„na ja, die schöne elvira, was sonst? sie hatte ihn dringend gebeten, doch mal vorbeizuschauen."

„mit welcher begründung?"

„keiner besonderen, nach aussage von herrn abholzer, einfach nur so."

„einfach nur so mal eben siebenhundert kilometer hin und wieder zurück, na ja," sinierte der kommissar. „herr abholzer hat natürlich abgestritten, der todesschütze gewesen zu sein?"

„vehement. mit dem mord hat er nicht das geringste zu tun; aber so wie es aussieht, sagt er, will ihm hier vielleicht jemand die sache in die schuhe schieben."

„das könnte dann ja nur die schöne witwe sein."

„genau," antwortete der zukünftige kripo-chef. „aber auf diese diskussion wollte sich der herr nicht einlassen."

„kann der mann mit waffen umgehen?" erkundigte sich kieselbach.

„nach aussage der kollegen ist er amtierender clubmeister bei den hiesigen sankt sebastianus schützen und besitzt in den bergen eine eigene jagd."

„das passt ja wunderbar."

„fast schon zu gut," antwortete enderlein.

„na ja, aber trotzdem eine konkrete spur."

„und wie soll´s weitergehen?"

„gute frage, bert," sagte der kommissar. „wenn ihr könnt, nehmt den herren noch mal richtig in die mangel. ich werde mein glück bei unserer schönen witwe versuchen. vielleicht ist die sache danach schon in trockenen tüchern."

„na dann, waidmannsheil."

kieselbach hatte kaum aufgelegt, da erschien minkner.

„der dritte vietnamese ist aufgetaucht," erklärte er so, als hätte er gerade den versunkenen schatz der inkas entdeckt.

„und wo?

„in leipe, natürlich. das arme würstchen stand heute morgen plötzlich vor dem spreewaldhof, schlotternd vor kälte und halbtot. die wirtsleute haben ihn sofort unter eine warme dusche gestellt, danach in trockene klamotten gesteckt und mit heißem tee und keksen vollgepumpt."

„gute leute," lobte der kommissar.

„jetzt ist der knabe in der poliklinik, zur untersuchung. hoffentlich hat er sich nicht den schnibbel abgefroren."

„und hoffentlich ohne handschellen?"

„denke schon," antwortete der hauptmeister.

„dann lasst noch mal die dolmetscherin kommen; und bringt seine freunde hin, um den jungen zu beruhigen, klar?"

„alles klar. außerdem hat unser verehrter herr doktor metzger angerufen; er möchte dringend auf den neuesten stand bei diesem stasi-fall gebracht werden, die betonung liegt auf dringend."

„kein problem. sag schmitz, er soll metzger mit allen unterlagen und protokollen füttern, die greifbar sind."

„super," grinste minkner. „das wird ein abendfüllendes programm für unseren lieben staatsanwalt."

„sonst noch was?"

„jau, der alte totzke hat angerufen und die hoteladresse seines sohnes in thailand durchgegeben; und steffi hat das notizbuch ihres vater abgeliefert." respektlos patschte minkner ein kleines braunledernes, stark abgegriffenes büchlein und einen weißen zettel mit einer anschrift in pattaya auf den schreibtisch seines vorgesetzten.

„na wunderbar. jetzt brauchen wir nur noch jemanden, der in thailand ein vernünftiges verhör durchführt."

„kein problem," antwortete minkner und strahlte wie ein honigkuchenpferd. „ich bin quasi spezialist für verhöre im asiatischen ausland."

„ha, ha," konterte sein chef, „du fängst doch schon an zu jammern, wenn du nur nach cottbus mußt."

„wer will denn auch nach cottbus?" maulte minkner und schob ab.

lukas kieselbach hatte sich einen tee aufgebrüht und blätterte durch das kaum handtellergroße adressenverzeichnis des verstorbenen. grob geschätzt enthielt es einhundertfünfzig namen, telefonnummern und anschriften; und einige der hier aufgelisteten personen waren im landläufigen sinne durchaus als prominent zu bezeichnen, drei oder vier bundes- und landespolitiker, eine handvoll schauspieler und zwei aktive bundesliga-profis. wenn sich der mörder in diesem büchlein befand, dann würde sich die aufklärung mit sicherheit reichlich in die länge ziehen.

der kommissar war mitten in seiner zweiten durchsicht, als das telefon schrillte.

„saubermann," vermeldete eine heisere stimme am anderen ende der leitung, „ausländerpolizei berlin. wir haben gehört, das euch drei illegale ins netz gegangen sind. wir hätten diese herrschaften sehr gern hier bei uns."

„der dritte liegt zur zeit noch in der klinik," gab der dienststellenleiter zurück und fragte sich, was den drei männern wohl blühen würde, nachdem sie wieder in berlin gelandet waren. „keine ahnung, wann der knabe transportfähig ist."

„ärger gehabt?" erkundigte sich saubermann.

„ziemlich," übertrieb lukas kieselbach. „der junge wollte sich absetzen und hat sich dabei wahrscheinlich eine dicke lungenentzündung eingehandelt."

„tja, so ist das im leben," philosophierte der kollege aus berlin. „da kommen die herrschafften aus ihren sonnigen paradiesen hierher und holen sich erstmal schwindsucht und rheuma."

„genau," antwortete kieselbach, um das gespräch nicht unnötig in die länge zu ziehen.

„gut," kam es vom anderen ende zurück. „ihr gebt uns bescheid, wenn die vögel wieder startklar sind und wir holen sie dann ab. ihr habt unsere nummer?"

„hier im display," erklärte kieselbach und blickte auf sein telefon.

„alles klar, wir hören von euch,“ rief saubermann herüber und legte auf.

kieselbach klickte das gespräch weg und auch die telefonnummer. die drei illegalen nach berlin abzuschieben war ein gedanke, der ihn nicht mit besonderer freude erfüllte.

das verhör

elvira grigoleit erschien ganz in schwarz auf der wache und tobte. schmitz, der das zweifelhafte vergnügen gehabt hatte, die witwe aus ihrer villa zu holen, machte ein nicht sonderlich glückliches gesicht.

„finden sie es eigentlich lustig, mich jeden tag in irgendeiner weise vorzuführen?“ erkundigte sich die frau des ermordeten laut, deutlich und unfreundlich. „macht ihnen das spaß oder haben sie sonst nichts besseres zu tun? ich halte ihr benehmen inzwischen für eine absolute unverschämtheit.“

„manche dinge sind leider unumgänglich, gnädige frau,“ antwortete lukas kieselbach mit zurückhaltung und bot der witwe einen der drei besucherstühle an. „aber vielleicht belästigen wir sie heute zum allerletzten mal.“

„was soll das heißen?“ verwundert blickte die immer noch attraktive dame auf die beiden anwesenden beamten. „haben sie etwa den mörder meines mannes gefunden?“

kieselbach machte eine vage handbewegung. „ich würde sagen, wir stehen kurz vor der aufklärung dieser unangenehmen angelegenheit.“

„wirklich?“ erkundigte sich die witwe mit deutlicher skepsis. wenn sie wirklich irgendetwas mit dem mord an ihrem mann zu tun hatte, dann war an ihr eine ausgezeichnete schauspielerin verloren gegangen. „das ging aber schnell; meinen glückwunsch."

„manchmal helfen zufälle," antwortete der kriminalist bescheiden.

„ich verstehe nur nicht, was sie ausgerechnet von mir wollen, wenn sie den täter angeblich schon haben."

„es geht da noch um die ein oder andere klarstellung oder bestätigung; und die hätten wir sehr gern von ihnen."

„von mir? sind sie da nicht an der falschen adresse?"

„das wird sich mit einigen fragen hoffentlich klären lassen," antwortete der dienststellenleiter ernst und nahm hinter seinem schreibtisch platz. „erstens, wann haben sie erwin abholzer das letzte mal gesehen?"

„was hat das mit dem mord an meinem mann zu tun?"

„wenn sie mir ganz einfach die frage beantworten würden, gnädige frau," gab kieselbach nüchtern zurück. „wann haben sie herrn abholzer das letzte mal gesehen?"

„das kann ich ihnen nicht auf den tag genau sagen," antwortete die witwe. „ich führe über solche dinge kein protokoll."

„also nicht erst kürzlich, sagen wir, zum beispiel, vor genau vier tagen?"

„ich weiß nicht, worauf sie hinaus wollen."

„vor vier tagen, ja oder nein?"

„mit sicherheit nicht," antwortete die witwe mit bestimmheit.

„schade," sagte der beamte ohne besondere betonung, „denn es wäre durchaus möglich gewesen, herrn abholzer zu treffen, da er sich am tag des mordes definitiv in dieser gegend aufgehalten hat."

„dummes zeug," fauchte die witwe, allerdings schon weniger heftig und überzeugend als zu beginn des gesprächs.

„leider nein, gnädige frau. wir können unsere behauptung eindeutig belegen, denn wir verfügen über eine wunderbare portraitaufnahme ihres skilehrers, angefertigt von den kollegen der verkehrspolizei, am montag, dem 27. oktober um genau 16 uhr und sieben minuten, am ortseingang von boblitz, mit knapp 68 km/h über der zulässigen höchstgeschwindigkeit. wenn sie einen blick auf das photo werfen möchten?"

freundlich hielt der kommissar seiner besucherin einen abzug der originalaufnahme entgegen.

„das ist doch alles nur ein bluff," entgegnete sie ohne große bestimmtheit in ihrer stimme.

„wie sie meinen, gnädige frau. von gerichtsseite wird derartiges bildmaterial allerdings als beweis akzeptiert."

„na und? bin ich dafür verantwortlich, wo und wie schnell herr anholzer auto fährt?

der kommissar zuckte mit den achseln. erwin abholzer und elvira grigoleit saßen wie die mäuse in der falle, bedingt durch einen unerhörten glücksfall; es war nur eine frage der zeit und der taktik, bis einer von beiden mit der ganzen wahrheit herausrückte.

„wenn sie weitere einzelheiten möchten, dann kann ich ihnen die protokollierte aussage von herrn abholzer vorlesen. er, für seinen teil, hat seinen besuch im spreewald bereits zugegeben. ließ sich ja mit diesem photo auch sehr schlecht abstreiten. er behauptet, unter anderem, sie hätten ihn kurzfristig gebeten, hier zu erscheinen."

„so, behauptet er das?" fragte die witwe schnippisch.

„das und noch einiges mehr," fügte kieselbach hinzu und ging auf's ganze. „wir haben grund zu der annahme, das sie beide in tateinheit ihren mann beseitigt haben."

„sind sie wahnsinnig geworden?," fauchte die dame. „warum sollten wir das tun?"

„na ja, da wären zwei ganze einfache motive denkbar, - erstens habgier und zweitens, um endlich freie bahn zu haben."

„ich hätte auch so freie bahn gehabt," fauchte die witwe, „eine simple scheidung hätte absolut genügt."

„in diesem falle wäre ihnen mindestens die hälfte aller vermögenswerte durch die lappen gegangen, gnädige frau; außerdem hatte ihr mann in letzter zeit bereits einige bedeutende immobilien auf ihre tochter überschrieben. ihr anteil, bei einer möglichen scheidung, war bereits deutlich minimiert. "

„na und? selbst dieser rest wäre mehr als anständig gewesen," erklärte elvira grigoleit spitz. „allein die monatlichen zinsen würden ausreichen, um sie und ihre kollegen hier auf der wache dreimal zu bezahlen."

„dann kann´s ja nicht viel sein," gab der beamte unbeeindruckt zurück.

„wie witzig," spottete die witwe. „meinen sie nicht, das sie sich in eine völlig absurde idee verrennen, herr kommissar?"

„mag sein." kieselbach zuckte mit den schultern. „hatte ihr mann eigentlich kenntnis von ihrer beziehung zu herrn abholzer?"

„was tut das jetzt noch zur sache?" kam es schnippisch zurück, „mein mann ist tot."

„wusste er von ihrer beziehung zu herrn abholzer, ja oder nein?"

die witwe starrte zum fenster hinaus und schwieg.

„na schön," fuhr der kommissar fort. „vielleicht hören sie sich dann meine version der ereignisse an und geben dann ihren kommentar ab."

„wenn es sie glücklich macht, junger mann," antwortete elvira grigoleit scheinbar gelangweilt.

„also, ich stelle mir vor, das die sache von langer hand geplant war. irgendwann hatten sie oder herr abholzer die idee, sich ihres mannes zu entledigen."

„stimmt," antwortete die witwe sehr zum erstaunen des kommissars. „wir haben diese möglichkeit mehrfach in betracht gezogen, aber, wie bereits erwähnt, als scheidung und nicht als hinterhältigen mord."

„mag sein, das ihr ursprünglicher plan so ausgesehen hat; aber mit der zeit wurden ihnen die nachteile einer scheidung klar," konterte der kriminalist. „also haben sie sich irgendwann in den letzten wochen die mordwaffe besorgt."

„welche mordwaffe?" kam es ungläubig zurück.

„na, die doppelflinte vom alten totzke," erläuterte der kriminalist.

für einen kurzen augenblick war die witwe sprachlos. kopfschüttelnd blickte sie ihr gegenüber an. „sie reden irre, herr kommissar. wie kommen sie denn auf diese schnapsidee?"

„wieso schnapsidee? totzke ist ihr cousin, sie besuchen ihn hin und wieder, das steht fest; und wahrscheinlich wissen sie auch, wo er seine flinte aufbewahrt, oder etwa nicht?"

„sie meinen, den alten schießprügel unter seinem sofa? das ich nicht lache. mit diesem spatzengewehr treffen sie doch auf zehn meter keinen möbelwagen mehr."

„woher wissen sie das?"

„na, von meinem cousin selbst. mit diesem gewehr ist zu ddr-zeiten das letzte mal geschossen worden."

„mag sein, aber schwer zu beweisen," antwortete kieselbach, „denn dummerweise ist das gute stück im moment unauffindbar verschwunden."

„na und? der etwas zerstreute alfons wird das schätzchen wahrscheinlich irgendwo abgelegt und dann vergessen haben. schauen sie doch mal in seinem hühnerstall nach oder im fahrradschuppen. der alte herr bringt inzwischen reichlich viel durcheinander, vor allem seitdem danilo aus dem haus ist; damit kommt er bis heute nicht richtig klar. der junge ist sein ein und alles."

„gut, durchaus möglich," erklärte kieselbach. „aber denkbar wäre doch auch, das herr abholzer hier im spreewald erschien, um mit der gestohlenen waffe ihren gatten aus dem weg zu räumen. nach unseren informationen ist herr abholzer ein ausgezeichneter schütze."

„der beste in seinem verein," erklärte die dame mit bestimmheit und lächelte. „und weil herr abholzer ein anerkannter experte ist, wird er sich mit sicherheit nicht auf eine unbekannte und fast unbrauchbare waffe verlassen," elvira grigoleit zögert leicht, „wenn es um leben und tod geht. solche fehler machen nur absolute dilettanten."

„er könnte das gewehr doch vorher ausprobiert haben."

„natürlich, am besten gleich zuhause im schützenverein oder heimlich im wald. alles sehr, sehr sinnvoll," spottete die dame. „nein, herr kommissar, mit ihrer schönen theorie sind sie total auf dem holzweg."

„gut, dann erkären sie mir nur, warum herr abholzer ausgerechnet an diesem montag, ausgerechnet am abend vor dem mord, hier im spreewald aufkreuzt."

„wenn es sie glücklich macht, herr kommissar," antwortete die witwe mit einem süffisanten lächeln. „wir treffen uns jeden zweiten montag, seit mehr als einem jahr. einmal kommt herr abholzer hierhin, das andere mal fahre ich nach bayern. montags ist ruhetag in unseren gaststätten und jagdnacht für meinen mann, eine heilige zeremonie, seit ewigen zeiten. ob ich zuhause war oder nicht, machte da keinen großen unterschied."

„ihr mann hat also nichts von diesen treffen bemerkt?"

„ich bin offiziell nach berlin oder cottbus gefahren, um steffi zu sehen, einmal die woche."

„das heißt, ihre tochter wusste von ihrer beziehung zu herrn abholzer?"

„notgedrungen."

„und ihr mann hatte keine ahnung von dem, was sich hinter seinem rücken abspielte, als ehemaliger stasi-major?"

„was hat das eine mit dem anderen zu tun?" kam es wenig freundlich zurück.

„na schön, lassen wir das," erklärte der kommissar. „gab es irgendwelche zeugen für ihre treffen?"

„für wie blöd halten sie uns eigentlich?" konterte die witwe ungehalten. „glauben sie etwa, wir sind hand in hand durch die gegend spaziert?"

der kriminalist zuckte mit den schultern. „ihre privatsache, gnädige frau, und ziemlich unerheblich. im moment spricht nur ziemlich viel dafür, das sie und ihr partner, den mord an ihrem mann geplant und auch durchgeführt haben."

„und das wollen sie mit diesem lächerlichen foto beweisen?" mit einer wegwerfenden handbewegung deutete die witwe auf den abzug, der vor ihr auf dem schreibtisch lag.

„das photo ist ein wichtiges indiz, gnädige frau."

„und, wo sind die anderen?" elvira grigoleit ließ sich nicht einschüchtern und lukas kieselbach musste sich eingestehen, das dieses verhör bei weitem nicht so gelaufen war, wie er es sich vorgestellt hatte.

„aber vielleicht kann ich ihnen eine andere möglichkeit aufzeigen, herr kommissar, die sie in ihrem eifer bisher vielleicht übersehen haben," verkündete die witwe beinahe in der manier einer geschulten nachhilfelehrerin.

„und das wäre?"

„nun ja, ich weiß nicht, ob ihnen bekannt ist, das sich mein mann und unser verehrter herr bürgermeister nur wenige stunden vor den todesschüssen fast eine schlägerei geliefert haben?“

„interessant. und wo soll das, bitteschön, stattgefunden haben?“

„im spreewaldhof, dort hatte sich mein mann kurz vor seinem ableben mit herrn zumdick getroffen, ursprünglich wollten sie zusammen auf die jagd gehen.“

„wieso ursprünglich?“ erkundigte sich der kriminalist.

„na ja, weil es im endeffekt wohl nicht mehr dazu gekommen ist, mein mann muß zumdick ordentlich den marsch geblasen haben.“

„und weswegen?“

„na ja, es ging um die projekte meines mannes; einige details waren wohl schon an die öffentlichkeit durchgesickert und zumdick bekam kalte füße, weil etlichen leuten nicht passte, was mein mann mit unterstützung der stadt plante.“

„und weshalb sollte zumdick plötzlich kalte füße bekommen?“

„sind sie so naiv, oder tun sie nur so, herr kommissar? in einem knappen halben jahr sind kommunalwahlen und da hat man rücksichten zu nehmen auf die wählermeinung, auch als amtierender bürgermeister. sonst muß man wieder zurück ins zweite glied.“

„das heißt im klartext, zumdick war drauf und dran, die pläne ihres mannes zu durchkreuzen, um seine wahlchancen zu steigern?“

„wunderbar, wie schnell die polizei begreift,“ spottete die besucherin. „muß man dafür lange studieren?“

„ein mordender bürgermeister, also,“ kommentierte der beamte ohne auf die spitze einzugehen. „zur abwechslung mal ganz was neues.“

„warum nicht?“ kam es zurück. „wenn man als quittung für seinen wahltaktischen seitenwechsel den allergrößten teil seiner wahlkampfhilfen gestrichen bekommt?“

„welche wahlkampfhilfen?“

„mein gott, sind sie schlecht informiert, herr kommissar,“ spottete elvira grigoleit. „jörg zumdick ist ein parteiloser kandidat; das heißt, hinter ihm stehen nicht irgendwelche großen parteien, die seinen wahlkampf mal eben aus der portokasse finanzieren. die mittel für diesen spaß hat man entweder selbst oder man muß sie sich quasi auf dem freien markt beschaffen, gegenleistungen inklusive.“

„und zumdick hat kein eigenes geld, oder?“

„richtig geraten, sherlock holmes, nicht einen lumpigen cent; und deswegen hat er sich an meinen mann gewandt, schon vor jahren.“

„und der hat ihn großzügig gefördert?“

„selbstverständlich, warum nicht?“ antwortete die witwe ohne skrupel. „als geschäftsmann und investor muß man sehen, das man einfluß und absicherungen möglichst weit streut, sonst ist man bald außen vor.“

„und diese wahlkampfhilfe wollte ihr mann jetzt abrupt stoppen, weil zumdick seinen plänen plötzlich kritisch gegenüberstand?“

„genau. zumindest hat mein mann das erklärt, bevor er zu dieser unterredung ging.“

„und gleich im anschluß an dieses unschöne gespräch hat zumdick ihren mann dann erschossen?“

„das habe ich nicht behauptet,“ gab die attraktive witwe zurück. „aber da sie im moment scheinbar ganz versessen darauf sind, herrn abholzer und mir den mord in die schuhe zu schieben, wird man ja wohl auf andere möglichkeiten hinweisen dürfen.“

„gibt es belege für die zahlungen an herrn zumdick?“

„keine ahnung, herr kommissar. aber vielleicht durchsuchen sie zur abwechselung mal das rathaus oder das anwesen unseres bürgermeisters. durchaus möglich, das sie da auf heiße spuren stoßen. die versteckten unterlagen meines mannes haben sie schließlich auch gefunden."

kein schlechter konter, dachte lukas kieselbach, auch wenn das ganze wahrscheinlich nur ein ablenkungsmanöver war. er wusste, das er kurz vor der lösung des falles stand, aber noch besaß seine theorie erhebliche beweislücken, das hatte ihm elvira grigoleit deutlich aufgezeigt. er stand auf und kam um den schreibtisch herum.

„kollege schmitz wird sie nach hause fahren. ich darf sie allerdings bitten, den ort nicht ohne unsere erlaubnis zu verlassen."

„wie sie wünschen, sherlock holmes," entgegnete die witwe mit einen bösen lächeln auf ihrem hübschen gesicht.

zwickmühle

der weg hinüber zum roten rathaus war so kurz, das lukas kieselbach kaum zeit hatte, um seine gedanken ordentlich zu sortieren.

das freundliche blumenhaus auf halber strecke erhielt gerade neue ware. der lieferwagen mit berliner kennzeichen stand alles andere als vorschriftsmäßig auf der schmalen, kopfsteingepflasterten straße und sein fahrer blickte den uniformierten ordnungshüter skeptisch an. kieselbach ignorierte die ordnungswidrigkeit und steuerte mit sich unzufrieden den eher unauffälligen eingang des verwaltungsgebäudes an. die sache mit der schönen witwe und ihrem liebhaber ärgerte ihn. alles passte zu gut zusammen, um verkehrt zu sein; aber selbstverständlich hatte jetzt auch zumdick ein absolut brauchbares motiv, wenn die angaben von elvira grigoleit auch nur einigermaßen der wahrheit entsprachen.

das personal vom spreewaldhof hatte auf nachfrage bestätigt, das sich grigoleit und sein schützling am fraglichen abend im kleinen, aber feinen kaminzimmer zusammengesetzt hatten, beide in voller jagdmontour. nach wenigen minuten war dann ein heftiges wortgefecht entbrannt und zwar so laut, das man die brüllerei noch vorn im schankraum hören konnte. einzelheiten hatte natürlich keiner der angestellten mitbekommen; aber das sich der finanzier und sein bürgermeister wenig später, draußen vor dem lokal, wortwörtlich in die haare geraten waren, hatten alle gesehen.

grigoleit war anschließend laut fluchend in richtung lindenmühle losmarschiert, zumdick hatte einigermaßen erregt seine rechnung beglichen, mit dem hinweis, ´das gangstern wie grigoleit das handwerk gelegt werden müßte´.

„völlig übertrieben,“ antwortete der bürgermeister, nachdem der kriminalist ihn mit dem neuesten ermittlungsstand konfrontiert hatte. „und selbst wenn sich die szene tatsächlich so abgespielt hat, was glauben sie, wie viele leute man tag für tag zum teufel wünscht? - und alle wandeln noch auf dieser erde.“ jörg zumdick winkte ab. „jeder normale autofahrer wird doch am steuer zum massenmörder, verbal gesehen; oder haben sie noch nie einen vordermann mit worten von der straße geschossen?“

„ich glaube, zwischen jemanden, der meine politische karriere beenden kann und jemandem, der mich um ein paar stundenkilometer herunterbremst, bestehen doch enorme unterschiede.“

„grigoleit hätte meine politische karriere nicht beendet,“ antwortete zumdick trotzig. „auf keinen fall.“

„vielleicht nicht beendet, aber mit sicherheit erheblich geknickt, oder?"

„grigoleits arm reicht nicht bis in die wahlkabine, herr kommissar, da entscheidet der wähler gottseidank noch souverän über seine repräsentanten."

„so steht´s auf dem papier," entgegnete der kriminalist, „aber ohne richtigen wahlkampf, ich meine ohne plakate, handzettel und veranstaltungen et cetera, können sie doch einpacken."

„wahlkampf muß nicht teuer sein," dozierte der politiker. „außerdem habe ich vernünftige arbeit geleistet in den letzten jahren, das zählt schließlich auch was."

„wenn man diese vernünftige arbeit entsprechend gut verkauft bekommt, dann bestimmt," konterte der kriminalist. „allerdings scheinen sie ja von ihrer eigenen arbeit nicht sonderlich überzeugt zu sein, sonst hätten sie doch wohl kaum versucht, mitten im galopp die pferde zu wechseln."

„politik ist die kunst des machbaren." der rathauschef hob in gespielter hilflosigkeit beide hände. „und wenn man merkt, das bestimmte dinge nicht mehr funktionieren, dann sollte man so schnell wie möglich die konsequenzen ziehen."

„würde es eigentlich viel wirbel geben, wenn die öffentlichkeit erführe, das grigoleit der finanzier ihres letzten wahlkampfes war?" erkundigte sich lukas kieselbach.

„grigoleit war einer von vielen, mehr nicht," knurrte der politiker mißmutig. „und damals konnte keiner ahnen, was der herr alles plante; das hat sich erst in der letzten zeit richtig herauskristallisiert."

„doch wohl mit ihrer unterstützung, oder?"

„quatsch! glauben sie, ich habe ihm die sache mit seinem hubschrauber-landeplatz und dem famosen jagdkino eingeflüstert? in solchen dingen brauchte grigoleit keinen souffleur, weiß gott nicht."

„geschenkt,“ antwortete kieselbach. „fakt ist, das sie am mordabend gemeinsam auf die jagd gehen wollten, oder?“

„stimmt, wir hatten eine lockere verabredung,“ antwortete zumdick.

„und sie hatten natürlich eine flinte mit dabei?“

„ist das etwas besonders, wenn man zur jagd geht?“

„kommt drauf an,“ gab der kriminalist zurück. „welches kaliber hatte ihre waffe?“

„9 x 63, ein allerweltskaliber.“

„doppelläufig?“

„was denn sonst?“

„tja,“ erklärte der kommissar, „um ganz ehrlich zu sein, das ganze wirft kein sonderlich gutes licht auf sie. gibt es einen besonderen grund, warum sie uns diese treffen mit grigoleit und die begleitumstände verschwiegen haben?“

„herrgott,“ stöhnte der politprofi und fasste sich theatralisch an die stirn. „erwarten sie eigentlich, das man sich bei jeder gelegenheit selbst in die pfanne haut? was glauben sie, was die presse aus dieser völlig harmlosen geschichte gemacht hätte?“

„dann lassen sie mal hören, wie diese harmlose geschichte weitergegangen ist,“ antwortete der kommissar, ohne auf die frage des bürgermeisters einzugehen.

„nichts ist weitergegangen,“ erkärte zumdick. „ich habe artig meine rechung bezahlt und auch die von grigoleit und bin anschließend nach hause gefahren.“

„direkt und ohne umwege?“

„genau.“

„zeugen gibt es dafür natürlich keine?“

„erraten. ende oktober, kurz vor mitternacht sind im spreewald zeugen verdammt dünn gesät.“

„gibt es eigentlich belege für die gelder, die grigoleit ihnen hat zukommenlassen?“

„wie meinen sie das?“ erkundigte sich der politiker und wechselte die farbe.

„genauso, wie ich es sagte, - existieren über ihre finanzgeschäfte mit grigoleit abrechnungen oder nicht?“

„da bin ich im moment überfragt,“ antwortete zumdick ausweichend und mit hochrotem kopf.

„und welchen umfang hatten die zahlungen?“

„also, hören sie, herr kommissar, untersuchen wir hier einen mord oder analysieren wir einen wahlkampf von vorgestern?“

„das eine schließt das andere nicht aus,“ gab kieselbach zurück. „grigoleit war für sie förderer und gefahrenquelle in einer person.“

„nicht schlecht formuliert,“ gestand der politiker ein. „nur, herr kommissar, warum soll ich jemanden umlegen, wenn sich dadurch sowieso nichts mehr ändern läßt? grigoleit und ich waren auseinander, ende und vorbei.“

„wie wär´s mit rache oder vergeltung?“

„sie zaubern motive aus ihrer dienstmütze, wie ein magier kaninchen aus seinem zylinder,“ erklärte der rathauschef und schüttelte den kopf.

es klopfte deutlich hörbar, zumdick rief ´herein´ und minkner steckte seinen kopf in den raum.

„dringend chef,“ erklärte er ohne den bürgermeister zu beachten und winkte seinem vorgesetzten.

„muß das jetzt sein?“ fragte kieselbach wider besseres wissen. wenn minkner jetzt und hier aufkreuzte, dann konnte es sich nicht um eine lapalie handeln.

der hauptmeister nickte und verschwand hinter der tür.

„einen augenblick,“ sagte der kommissar, erhob sich umständlich aus seinem besuchersessel und verließ den raum.

„lassen sie sich ruhig zeit,“ rief ihm der politiker hinterher, „vielleicht hilft das.“

„wir haben in der poliklinik jemanden gefunden, der vietnamesisch spricht,“ begann minkner. er und sein dienststellenleiter standen im ersten stockwerk des rathauses und flüsterten beinahe miteinander.

„na und?“ erkundigte sich kieselbach.

„kommt noch besser, viel besser,“ versprach der minkner. „nachdem unser taucher mit seinen beiden freunden gesprochen hatte, wollte er plötzlich unbedingt eine aussage machen.“

„und welche?“

„na ja,“ murmelte minkner. „der meisterschwimmer behauptet, er hat in der fraglichen nacht den mörder von grigoleit gesehen.“

„wie bitte?“ fragte der kommissar ungläubig.

„kein vertun,“ erklärte der hauptmeister. „unser aufgetauchter erklärt steif und fest, er hat den mörder gesehen, eindeutig. er und die anderen beiden sagen, mitten in der nacht sind unmittelbar neben ihrer hütte zwei schüsse abgefeuert worden, das hat die drei bengel gehörig aus dem schlaf gerissen. und weil der taucher neugierig war, hat er sich von den beiden anderen hochheben lassen und durch eines der beiden oberlichter der hütte nach draußen geschaut und prompt den schützen gesehen.“

„im dustern?“

„ne, eben nicht,“ sagt der junge. „die herrschaften waren zu zweit. der eine hatte das gewehr, der andere die taschenlampe.“ minkners gesicht strahlte vor erregung. „und beide standen kurz, aber ganz deutlich im licht.“

„kann er irgendwas über die beiden sagen?“ erkundigte sich lukas kieselbach; eine unangenehme vorahnung stieg in ihm auf.

„der mit dem gewehr war jung und der mit der taschenlampe war alt, er hatte weißes haar.“

„und, würde er die beiden wiedererkennen?“

„haben wir ihn auch gefragt und der knabe hat ´ja´ gesagt, vor allem den jungen mit dem gewehr. wenn er den mann sieht, meint er, wird er ihn auch wiedererkennen, kein problem.“

„na, dann herzlichen glückwunsch;“ murmelte kieselbach. „packt die burschen in watte und bringt sie auf die wache, aber ohne kung-fu. vor allem der schwimmer wird behandelt wie der kaiser von china persönlich.“ tief durchatmend legte der kommissar eine hand auf die türklinke zum vorzimmer des bürgermeisters. „und ich idiot kann jetzt aus dem stand einen salto rückwärts machen.“

„will ich sehen,“ sagte minkner.

„zisch ab,“ fluchte sein chef.

die verhaftung

der alte herr stand unter dem niedrigen, grün gestrichenen türbogen seines riedgedeckten hauses und blinzelte in eine freundliche nachmittagssonne, die mit ihren strahlen zum ersten mal seit tagen durch die dichte, graue wolkendecke reichte. vor ihm standen vier uniformierte polizisten und vier junge männer asiatischer herkunft, die sogar noch kleiner waren als er selbst.

„ich würde sie gerne hereinbitten, aber ich fürchte, für neun personen ist die stube nicht gebaut.“

„keine umstände, herr totzke, wir haben nicht vor, uns lange aufzuhalten,“ antwortete lukas kieselbach eine spur formeller als bei ihrem ersten gespräch. „alles, was wir brauchen, ist ein photo ihres sohnes, wenn es geht ein möglichst aktuelles.“

„und deswegen kommen sie alle hier heraus zu mir?“

„ließ sich leider nicht vermeiden.“

„sie werden ihre gründe haben,“ murmelte der studierte jurist.

der oberste wasserschutzbeamte nickte wortlos.

„gut, ich werde sehen, was ich für sie tun kann.“ ohne weitere fragen zu stellen, wandte sich der alte mann um und verschwand mit langsamen schritten in seiner liebevoll gepflegten kate. die schmale holztür blieb offen.

der hof, das heißt, die beiden kleinen stallungen, in denen schon lange keine tiere mehr standen und das zweigeteilte haupthaus waren tadellos in schuß. weder an den dachbalken noch an den feinen fensterrahmen blätterte farbe ab und alle drei rieddächer waren mit feinem maschendraht gesichert, um der auflösung durch wind und wetter vorzubeugen. totzkes alter holzkahn lag abgedeckt und winterfest auf drei soliden holzböcken im ehemaligen hühnerstall. die sommerliche pracht der schweren rhododendronbüsche zum fließ hinunter war zwar längst verblüht, ließen aber ahnen, welch wunderbare farben- und blütenpracht sich im kommenden frühjahr wieder entfalten würden.

die drei jungen vietnamesen und ihr etwas älterer übersetzer, der legal als putzkraft in der poliklinik arbeitete, redeten leise miteinander; die vier polizisten warteten schweigend auf die rückkehr des ehemaligen fährmannes. ihre geduld wurde auf eine ziemliche probe gestellt.

„muß der die photos erst noch entwickeln?“ maulte minkner nachdem mehrere minuten vergangen waren; unschlüssig ging er auf das haus zu, doch bevor er es betreten konnte, kam der alte mann zurück. in seinen händen hielt er drei photographien, eine portrait- und zwei gruppenaufnahmen.

der ziemlich erkältete schwimmer warf einen langen blick auf die photos von totzke-junior, sprach kurz mit seinen freunden, nickte dann energisch und tippte auf das nicht mehr ganz taufrische portrait.

„dies mann hat gewesen bei hütte,“ erklärte der dolmetscher mit bestimmtheit. „plus gewehr in die nacht. keine zweifel möglich, herr minh sagt.“

der, von dem geredet wurde, nickte erneut energisch. lukas kieselbach machte ein wenig begeistertes gesicht und totzke blickte fragend in die runde.

„können sie mir erklären, was das ganze hier zu bedeuten hat?“ erkundigte er sich leise.

„kein problem,“ antwortete der kriminalist ohne große freude. „dieser junge mann hier,“ kieselbach zeigte auf den dritten vietnamesen, „hat als augenzeuge und aus relativ kurzer entfernung beobachtet, wie ihr sohn auf grigoleit gefeuert hat, höchstwahrscheinlich in ihrem beisein. damit dürfte der mord aufgeklärt sein, herr totzke.“ kieselbachs stimme wurde offiziell. „tut mir leid für sie, aber wir müssen sie mit auf die wache nehmen.“

„und weshalb?“ erkundigte sich der schmächtige mann.

„wegen beihilfe zum mord,“ antwortete der kommissar, „oder anstiftung. den genauen wortlaut darf sich die staatsanwaltschaft ausdenken.“

„und mein sohn?“

„den werden wahrscheinlich die kollegen in thailand übernehmen und hoffentlich so schnell wie möglich an uns überstellen. soweit ich weiß, sollen thailändische gefängnisse nicht der große hit sein.“

abwesend und sichtlich um fassung bemüht, blickte der ehemalige fährmann und jurist auf die acht männer um ihn herum; langsam und verständnislos schüttelte er dabei den kopf.

„das ganze ist ein fürchterlicher irrtum, herr kommissar,“ erklärte er völlig entgeistert. „danilo und ich haben mit diesem mord nicht das geringste zu tun, glauben sie mir. da liegt eine verwechselung vor, der junge mann kann danilo und mich unmöglich gesehen haben.“

„das wird in letzter instanz wahrscheinlich nur eine gegenüberstellung klären können, herr totzke. auf den photos hat der junge mann aus vietnam ihren sohn auf jeden fall eindeutig identifiziert. “

„das wird nicht ausreichen für eine verurteilung, herr kommissar, nie und nimmer,“ erklärte der vorsitzende des dorfkomitees. „diesen beweis wird ihnen jeder rechtsanwalt in der luft zerpflücken.“

„kann durchaus sein, vor gericht und auf hoher see befinden wir uns alle in gottes hand,“ antwortete der kriminalist. „aber für die wasserschutzpolizei ist der fall mit der aussage von herrn minh vorläufig abgeschlossen. und wenn uns ein fehler unterlaufen sein sollte, dann wird ihr anwalt das mit sicherheit sofort zur sprache bringen.“

„ich brauche keinen anwalt,“ erklärte der alte trotzig.

im brauhaus

enderlein und gebhardt kehrten noch am abend aus bayern zurück, mit sämtlichen aussagen von erwin abholzer im gepäck.

„können wir also alles in die tonne klopfen,“ knurrten die beiden, nachdem ihr dienststellenleiter sie über den vorläufigen abschluß der ermittlungen in kenntnis gesetzt hatte.

„künstlerpech,“ antwortete kieselbach. „war doch immerhin eine heiße spur, die unser kleiner da gefunden hatte.“

„heiße spur mit kaltem ende,“ knurrte gebhardt und machte sich auf den weg zu frau und kindern. kieselbach und enderlein, auf die zu hause niemand wartete, marschierten die wenigen meter von der wache hinüber zur babbenschänke in der brauhausgasse. sie nahmen gegenüber der winzigen theke platz und bestellten in regelmäßigen abständen hausgemachtes bier aus der kleinsten brauerei brandenburgs, wie es die reklameschrift draußen vor der tür verkündete. außer ihnen befanden sich noch sechs damen und herren des presbyteriums von sankt nikolai im raum und damit war die winzige kneipe bereits zur hälfte gefüllt.

„so viele wunderschöne motive und ausgerechnet totzke-junior war's," erkärte der zukünftige kripo-chef. „schwer zu glauben."

„in der tat." kieselbach kannte vater und sohn seit jahren und es war kein tolles gefühl gewesen, den alten totzke auf der wache verhören zu müssen. er hatte jede aussage verweigert und war anschließend von schmitz nach hause gefahren worden, weil nach ansicht von kieselbach weder flucht- noch verdunkelungsgefahr bestand.

„bin gespannt ob wir den junior finden und dann aus thailand herausbekommen," murmelte enderlein.

„ich auch."

„und falls es zur verhandlung kommt und sich die beiden nicht allzu dumm anstellen, dann wird es mit sicherheit jede menge mildernde umstände geben."

„ich hätte viel lieber unseren freund aus dem rathaus eingebuchtet," gestand lukas kieselbach ein und machte ein mürrisches gesicht. der fall war absolut nicht zu seiner zufriedenheit gelaufen.

„das ist deine persönliche voreingenommenheit," sagte enderlein. „ein politiker ohne unterstützung ist eine arme sau."

„mag sein, aber grigoleit und zumdick haben die beiden totzkes doch voll vor die wand gefahren, zuerst als familie und dann den alten auch noch als vorsitzenden des dorfkomitees." missmutig starrte lukas kieselbach in sein halbleeres bier. „und der ganze stasi-quatsch war auch ein voller schuß in den ofen."

„stasi ist vorbei, lukas, ein für allemal, selbst krenz ist wieder auf freiem fuß, und das war der letzte aus den glorreichen tagen," antwortete enderlein und nippte an seinem halbvollen glas.

„dadurch wird die sache auch nicht besser."

„stimmt, aber die vergangenheit lässt sich nachträglich nicht ändern."

„schwamm drüber," sagte der dienststellenleiter und winkte ab. „zuerst war ich mir ja total sicher, das unsere schöne elvira und ihr bayern-lover die sache auf dem kerbholz hatten. da passte doch wirklich alles zusammen wie in einem puzzlespiel. aber pustekuchen."

„na und? da kräht morgen doch kein hahn mehr nach, aufgeklärt ist aufgeklärt. der mörder von olof palme läuft immer noch frei herum, obwohl sich angeblich die gesamte schwedische polizei auf den fall gestürzt hat."

„traurig aber wahr," murmelte kieselbach.

vier weitere gäste erschienen in der schmalen glastür, setzten sich zu den kirchenleuten und das lokal war beinahe gefüllt.

„ich hatte zwischenzeitlich deinen lieben onkel edgar in verdacht. der alte kann verdammt schnell jähzornig werden und durchdrehen," gestand bert enderlein.

kieselbach nickte unzufrieden. rein vom gefühl her betrachtet, hatten sie den absolut ´falsche´ erwischt und die auflösung war nicht durch kriminalistische arbeit sondern durch einen absoluten zufall zustande gekommen. an dieser lösung war nichts, worauf man als polizist und mensch stolz sein konnte.

„übrigens, was wir mit unserem kleinen, kriegt der nun sein knöllchen oder nicht?"

„warum sollte er keins kriegen? war eine normale tour von ´a´ nach ´b´ und kein einsatz; und für den quatsch extra eine sonderfahrt zu konstruieren, ist reichlich heikel."

„na, das wird herrn schmitz aber gar nicht gefallen, wo er sich doch solche mühe gegeben hat."

„tja, vor der radarfalle sind alle gleich." murmelte lukas kieselbach.

ein pärchen in wetterfester plastikkleidung betrat den raum und schaut sich fragend um. ihre blicke blieben am halb besetzten tisch der beiden beamten hängen.

„´tschuldigung, ist hier noch frei?" erkundigte sich der mann und begann seine atmungsaktive allwetterjacke aufzuknöpfen.

enderlein nickte freundlich. der dienstliche teil des tages war damit endgültig beendet.

„frag mich doch mal, wie´s in bayern war," forderte er sein gegenüber auf, um das gespräch nicht vollständig einschlafen zu lassen.

„ach so, ja, wie war´s in bayern?" erkundigte sich der kommissar pflichtschuldig.

„na ja, absolut keimfrei. glatte, alpine touristenromantik. alles geteert, betoniert, gefließt und begradigt und die berge nachts von innen beleuchtet. da kommt richtig stimmung auf," erklärte enderlein in bestem bayrisch. „und wenn wir nicht aufpassen, dann sehen unsere orte in zehn jahren genauso geleckt aus. die kähne laufen auf schienen durch lehde oder leipe, die kommentare für die gäste kommen vom band und die gurken frisch lackiert aus holland.

„mal den teufel nicht an die wand," nörgelte kieselbach. „wenn die richtigen leute ans ruder kommen, dann haben wir den salat noch viel früher. mc doof übernimmt das freilandmuseum, der restwald wird für motorboote freigegeben und den schloßpark in lübbenau übernimmt ´ikea´. das bringt wesentlich mehr umsatz als zehn beete mit buschwindröschen."

„tja," philosophierte enderlein, „das alte problem der menschheit, gold oder vernunft?"

„bier,“ rief kieselbach.

zum guten schluß möchte ich anregen, einen preis zu stiften, eine´faule gurke´ vielleicht und sie jährlich demjenigen zu verleihen, der dem natürlichen und sozialen spreewald in den vergangenen 12 monaten den größten schaden zugefügt hat. spott und mißachtung sind die waffen der waffenlosen, keine gewaltigen, aber mehr als ewig nur die faust in der tasche zu ballen.

denkt mal drüber nach.